3,-€

HEYNE <

Das Buch

Die ausnehmend schöne Frau Rettich tritt eine Spanienreise an, um sich in aller Ruhe und Sonne auf die Verlobung mit ihrem Madrileno ihres Herzens vorzubereiten. Zwar ahnt der Gemahl in spe noch gar nichts von seinem Glück, dafür aber sind Frau Rettichs Busenfreundinnen bereits über alle nötigen Intimitäten im Bilde.

Frau Rettich, die Czerni und ich ist flammender Appell an alle Damen, weniger herumzuheulen und dafür fröhlicher wegzukompensieren. Wer Frauen kennt und schätzt, wird seine Freude an diesem Buch haben. Wer Frauen nicht kennt und schätzt, wird kundig in die Materie eingeführt.

Der Bestseller wurde mit großem Erfolg mit Iris Berben, Martina Gedeck und Olli Dittrich verfilmt.

»Eine federleichte Sommer-Story.«

Frankfurter Allgemeine Zeitung

»So gemein können nur Weiber über Weiber lästern.«

Emma

Der Autor

Simon Borowiak, geboren 1964, war sieben Jahre Redakteur bei dem Satireblatt Titanic und ist Autor des Erfolgsromans *Wer Wem Wen. Eine Sommerbeichte*. 2007 erschien bei Heyne *ALK – fast ein medizinisches Sachbuch*, laut Spiegel »ein Wunder an Komik, Recherche und Weisheit«.

Lieferbare Titel

Alk – Wer Wem Wen. Eine Sommerbeichte

Simon Borowiak

Frau Rettich, die Czerni und ich

Eine Sommerverlobung

WILHELM HEYNE VERLAG
MÜNCHEN

Anna Poth in Bewunderung
zugeeignet

FSC
Mix
Produktgruppe aus vorbildlich bewirtschafteten Wäldern und anderen kontrollierten Herkünften
Zert.-Nr. SGS-COC-1940
www.fsc.org

Verlagsgruppe Random House
FSC-DEU-0100
Das für dieses Buch verwendete
FSC-zertifizierte Papier *Super Snowbright*
liefert Hellefoss AS, Hokksund, Norwegen.

Vollständige deutsche Taschenbuchausgabe 04/2009

Printed in Germany 2009
Umschlagillustration: © Uwe Gruhle unter Verwendung einer
Zeichnung von Simon Borowiak
Umschlaggestaltung: © Nele Schütz Design, München
Satz: KompetenzCenter, Mönchengladbach
Druck und Bindung: GGP Media GmbH, Pößneck
ISBN: 978-3-453-40630-8

www.heyne.de

Frau Rettich steht am Fenster und sieht den Schwalben nach. Ich lese und lese den Text. Ich werde einfach nicht schlau daraus.

Im Gegenteil.

Ich werde dümmer und dümmer.

In Frau Czernis Aufgabenheft will ich spitzen, aber die Kuh hält ihre Hand wie ein Haltestellenhäuschen über die Lösungssätze.

Wenn sie überhaupt auf Lösungen gekommen sein sollte.

Presiento que tras la noche vendrá la noche más larga.

Die Czerni gilt, völlig zu Recht, als die Unbegabteste in unserem kleinen Sprachkurs. Sie bringt weder Eifer noch Vorkenntnisse mit, kein kleines Latinum, vom großen gar nicht zu reden. Auch lebt sie allein, was ihre Konzentrationsfähigkeit doch sehr mindert. Wahrscheinlich denkt sie in jeder einsamen Minute daran, wie es wäre, nicht einsam zu sein. Präzise gesagt ist sie nicht ganz alleine auf der Welt; manchmal besucht sie ein alter Mann mit grauem Bart. Noch präziser gesagt ist der Mann nicht so unnatürlich alt, er setzt aber alles daran, in Gesprächen vergreist und arthritisch zu wirken; er trägt seinen Bart wie einen Schild gegen Leichtsinn; egal, welche Themen anstehen – sei's Kirmes, sei's Todesstrafe, sei's Quiche Lorraine oder Menschenrechte –, stets macht er besonnen vom Bart Gebrauch, zwirbelt denselben kurz an, streicht noch mal mit der ganzen Hand nach und relativiert dann alles in Grund und Boden. Dabei ist er eventuell doch erst 35 bis 40 Jahre alt, also im besten Mannesalter, um auf dem Nachhauseweg Autoantennen abzuknicken oder im Vollrausch nachts Plätzchen zu backen, oder was andere Männer im besten Alter so treiben, wenn sie richtig ausgelassen sind. Nichts dergleichen bei ihm. Ich vermute, dass er spätestens 20 Uhr 15 den Bart abschraubt und sich zur Ruhe begibt, bis der nächste sachliche Tag heraufdämmert, morgengrau wie sein Temperament. Das färbt natürlich stark auf die Czerni ab; in seiner Gegenwart artikuliert sie wohlerzogen und bräsig uralte, pensionierte Ideen, und ihre altersschwachen Zusammenkünfte sehen nicht nach großer wahrer Liebe aus, nicht nach leidenschaftlich loderndem Trieb, eher nach Haftcreme für die Dritten. Sollte es dennoch zwischen den beiden versehentlich zum einen oder anderen Koitus kommen, wird's wohl von sehr eigener Pikanterie sein und etwa so feurig wie Essen auf Rädern.

Wenn der Alte endlich gegangen ist, wird Frau Czerni umgehend mürrisch und einsam und füllt ihr Stimmungsloch mit trockenem Weißwein auf. Ja, es muss einmal offen gesagt werden, dass die Frau Czerni eine rechte Sickergrube ist, in die viel Flüssigkeit hineinpasst, aber nicht eine fremde Vokabel. Manchmal denke ich, dass sie unseren kleinen Kurs nur der Ansprache wegen besucht. Interesse für Fremdsprachen ist es bestimmt nicht; die Czerni hält eisern an dem fest, was sie auf der Fuldaer Grundschule gelernt hat. Alles darüber hinaus ist ihr Nötigung.

Bei mir ist das ganz anders, und deshalb nennt mich unsere Kursleiterin Rettich gerne »mein Goldstück«.

»Frau Rettich«, sage ich eifrig, »ist das so richtig: Presiento que tras la noche vendrá la noche más larga – Ich fühle und ahne, dass nach dieser Nacht wird kommen die ganz lange Nacht?« Frau Rettich schaut mich liebevoll an: »Das hast du sehr schön kaputtübersetzt, mein Goldstück.« Und wieder verschwindet sie mit ihren Gedanken aus dem Kurs, in Richtung Madrid, dem Verlobten entgegen. Der Resttext ergibt keinen Sinn.

Im Gegenteil.

Er wird immer sinnloser, wie das Leben um mich herum:

Die Czerni kratzt sich mit dem linken Fuß an ihrem neuen Wildlederschuh. Ständig kauft sie neue Schuhe – wohl aus sexuellen Gründen –, ein Paar hässlicher als das andere, mit Troddeln, Quasten und Schnickschnack. Der eigenhändig bemalte Bauernschrank ist voll davon; alle topmodisch, alle der letzte Schrei – behauptet sie jedenfalls. Doch die Schuhe der Czerni sind schon der letzte Schrei. Und zwar der letzte Schrei des guten Geschmacks, bevor er abgestochen und zu Schuhen für Czerni verarbeitet wurde. Frau Rettich beachtet uns inzwischen gar nicht mehr. Sie scheint sich am Fenster in ein Selbstgespräch zu verwickeln. Es geht um den Verlobten, den *Novio,* wie die Spanier sagen. Mein Blick schweift auf Frau Rettich umher, keine Frage: Sie ist die Schönste im Zimmer. Unter dem schwarzen Kostümröckchen steht satt definiert ein prächtiger Arsch, den Frau Rettich auf den zartesten Fesseln Mitteleuropas spazieren führt; und alles, alles, der Arsch, die Fesseln und Mitteleuropa wird regiert von Rettichs schönem blonden Kopf, der aus purem Granit geschaffen ist. Jeder einzelnen Flause geht sie gewissenhaft nach, und sie vollbringt sogar das Kunststückchen, trotz zementenen Willens und Damenstarrsinns noch launisch und sprunghaft zu sein. Doch verliert sie hierbei nie Warmherzigkeit, Güte und tiefe Leidensfähigkeit, zum Beispiel, wenn sie wieder einen Mann vor die Tür gesetzt hat.

Das geschieht in regelmäßigen Intervallen und darf nie lautlos über die Bühne gehen; die zahlreichen Scheidungen von Frau Rettich gelten nur dann als rechtskräftig, wenn es dabei scheppert: Mit Publikum, Koloraturen, Kostümen, angemessenen Kulissen, Paukenschlägen, verpatzten Einsätzen, endlosen Arien, Schwanengesängen und trotteligen Statisten.

Die Statisten sind stets die Czerni und ich. Wir müssen im rechten Augenblick auftreten und in die Szenen dackeln: wir schenken Cognac aus, heben Telefonhörer ab, sorgen für Tempotaschentücher und kleine leichte Mahlzeiten, wir füttern die Katze und ziehen Vorhänge zu, während die große Tragödin Rettich auf dem kleinen weißen Sofa lagert und die Insuffizienz der Männer belärmt.

In dieser Saison soll also der *Novio* gegeben werden. Ich beneide ihn nicht. Höchstens um seine Sprachkenntnisse. Und hilflos starre ich wieder auf meinen Arbeitszettel.

Czerni hat, scheint's, kapituliert und kümmert sich nicht mehr um ihre Vokabeln. Sie gießt sich weißen Rioja nach, obwohl sie davon erwiesenermaßen rasende Kopfschmerzen bekommt, und befingert Frau Rettichs Katze. Was soll man auch von einer Kursteilnehmerin erwarten, deren erster und letzter mündlicher Beitrag die offensiv vorgetragene Forderung nach einer gemeinsamen Weinkasse war. Im Grunde ist der Kurs in toto herzlich sinnlos. Die eine wird durch die spanischen Laute ständig an ihre Libido erinnert, die andere trinkt noch während des Einpaukens, um gleich wieder zu vergessen; so kann man sich nicht ernsthaft einer fremden Sprache annähern, so kann man nicht arbeiten. Würde ich nicht zu Hause heimlich üben, um mich bei Frau Rettich einzumeiern und die Czerni vor der Rettich zu demütigen und bloßzustellen – wir könnten den Kurs glatt auflösen.

Ich notiere meine Übersetzungsvermutungen und reiche sie zusammen mit Czernis leerem Blatt bei Frau Rettich ein. Die reißt sich aus ihren amourösen Gedanken und bestaunt die beiden Blätter: »Wie, bitteschön, soll ich das bewerten?« Die Czerni trinkt schweigend, grinsend und katzenstreichelnd; ich drehe meinen halben Körper zur Rettich und sage sehr freundlich: »Gib mir halt eine 2+ und wirf die Czerni aus dem Kurs.«

»Streberin! Miese kleine Streberin!«, krakeelt Czerni und rempelt mich leicht am Oberarm. Dafür trete ich ihr schabend gegen den neuen Wildlederschuh. Es folgt ein kleines Handgemenge, aus dessen Mitte die rettichsche Katze erschrocken springt und die Riojaflasche umstößt. Der Wein fließt durch den Mittelfalz von Czernis – trotz 10 Doppelstunden jungfräulich gebliebenem – Arbeitsbegleitbuch auf die Tischkante zu und träufelt von dort auf das gute Wildleder. Czerni verlangt kreischend nach »Küchenkrepp!«. Ich fordere von ihr roh, den Satz auf Spanisch zu wiederholen. Erbost versucht sie sofort, mich zu beleidigen, aber ich sage zu ihr, eine wie sie könne mich gar nicht beleidigen, sie möge erst mal ihr Latinum nachholen, dann sähen wir weiter, und als uns Frau Rettich endlich trennt, rufe ich noch rasch sinnlos, aber triumphierend:

»Quod licet Jovi, not soundso bovi!«

»Meine Damen, meine Damen!«, rudert Rettich mit ihren schönen Armen in der Luft herum, »noch so ein Streit, und ich fahre allein! Ich nehme solche würdelosen Krawallschachteln nicht mit nach Spanien. Was soll die Schwiegermutter denken!«

Die Schlange Czerni reißt mich augenblicklich an ihre flache Brust. Ganz nah habe ich ihre Halsfältchen vor Augen. Sie duftet nach etwas. »Ist das Tosca? Du stinkst so gut. Ist das Tosca oder Cliff für Männer?« Die Czerni zieht mich fester an ihr Dekolleté und sagt in Richtung Rettich: »Keine Bange, wir vertragen uns. Gell, Schatz?« Dabei kneift sie mir in die Leber.

»Mit Tosca kam die Zärtlichkeit«, murmele ich in Czernis Ausschnitt. »Du solltest dir mal so Busentüchlein reinstecken, das sieht ja ganz schön armselig da drin aus.« »Ja«, bemerkt Frau Rettich, »mit sonderlich Holz ist sie nicht gesegnet, die Hüttn von unserer lieben Czerni.« »Für den Bart reicht's«, befindet Czerni knapp. »Und so schön seid ihr nun auch nicht.« »Doch«, widerspreche ich, »jedenfalls die Rettich.« Und das sage ich nicht nur, um mich anzubiedern, sondern auch aus Überzeugung. »Danke, mein Goldstück.« »Klaro, klaro, und ich wette, die muss nur drei Tage in Spanien sein, und schon hat sie die schönste bronzene Bräune. Während wir beide, Czerni, na, da sehe ich schwarz, beziehungsweise weiß, oder doch mehr krebsrot, wir müssen uns immer gut einschmieren und Hüte tragen, Hüte bis zum Knie! Das hat schon der Kinderarzt zu meiner Mutter gesagt; er meinte: ›Die darf mit ihren roten Haaren nie in die pralle Sonne, die kriegt einen Stich‹ …« Czerni unterbricht mich brüsk: »Den hast du schon. Und wenn das während der Fahrt so weitergeht mit dem Geschwätz, dann werfen wir dich hinter Stockstadt aus dem fahrenden Wagen, gell, Rettich?« Frau Rettich schaut versonnen: »An Stockstadt kommen wir gar nicht vorbei. Wir fahren ganz anders, über Wiesbaden.« »Na dann eben hinter Wiesbaden.«

Das Telefon klingelt. Rettich hebt ab und redet sehr schnelles Spanisch. Dabei dreht sie uns den Rücken zu, wegen der Diskretion. Völlig unnötig, wir verstehen ja doch kein Wort. Frau Czerni tippt mich an: »Na los, Streberin, übersetz mal! Ich will wissen, was die Rettich sagt. Du lernst doch immer heimlich. Was sagt sie denn ihrem Verlobten?«

Ich muss mich konzentrieren. Jetzt gilt's. Der Frau Czerni zeige ich's. Nie darf die mittlere Reife, die Handelsschule, triumphieren über das große Latinum! Was redet die Rettich bloß?

»Sie sagt, wir fahren erst nach Sitges, zu diesem Papa Alfredo.«

»Aha. Und jetzt?«

Im Augenblick lacht Frau Rettich blöde

in den Apparat. Ich übersetze Czerni: »Sie lacht gerade blöde.«

»Ach was. Und worüber? Na, das klappt wohl doch nicht so, Streberin.«

»Der, äh, der *Novio* hat einen Witz erzählt, un chiste, und Rettich hat gesagt, den hätte sie noch nicht gekannt, irgendwas von einem Schotten, der zum Arzt geht. Sagt der Schotte, Herr Doktor, sagt der Schotte, äh ...«

»Ha! Ich glaub dir kein Wort.«

»Jetzt reden sie über das Wetter. Und dass sie sich schon freut und es gar nicht mehr erwarten kann.«

Herrgottsakra, was reden Verliebte denn so am Telefon!

»Sie nennt ihn jetzt Spatzl, Schnuckl und Pupsi. Sie bete ihn an und habe schon alles gepackt: die Kostüme, die Dessous, die Schuhe, das Sonnenöl – mit hohem Schutzfaktor, wegen der Klimakatastrophe.«

Eben bückt sich Frau Rettich, um die Katze zu streicheln.

»Sie sagt, dass es der Katze gut geht, dass sie immer fetter wird und bald aus dem Pelz platzt. Wenn sie sich auf ihren Lieblingsstuhl wuchtet, dann krachen schon die Pelznähte und ...«,

jetzt komme ich in Fahrt, so macht Übersetzen Spaß,

»und sie frisst doch so gerne, die Katze, also Nierchen und Pansen, und Kutteln und Buchteln, davon kann sie nie genug kriegen, von Nierchen und Pansen und Kutteln. Auch die Buchteln verschmäht sie nicht, ist ganz gierig auf Nierchen ...«

Frau Rettich legt auf und macht Rapport: »Das war Papa Alfredo! In Sitges geht alles klar, das Wetter ist klasse, Greta hat schon wieder Junge! Meine Damen, packt die Koffer! Morgen um sieben Uhr! Pünktlich!«

Noch auf der Treppe höre ich die Czerni ordinär johlen. Es fallen mehrmals die Worte Nierchen, Pansen und Pupsi.

Ach Gott, sie weiß es halt nicht besser.

Die Fahrt droht lustig zu werden. Lauthals singen die Damen auf den vorderen Sitzen Lieder von Liebe und Tod. Die schöne Frau Rettich trägt schon am Frankfurter Kreuz eine gewaltige Sonnenbrille. Dabei nieselt es draußen. Hauptsache, sie fährt uns nicht an einen Brückenpfeiler in ihrer Urlaubsverdunkelung. Auf der Höhe von Baden-Baden ruft Rettich: »Autobahnkirche! Wer jetzt noch mal beten muss, sagt es bitte gleich! Ich halte nicht dauernd an, nur weil eine von euch das Gewissen drückt!«

»Klein oder groß?«, fragt Czerni patent. Mir fällt auch etwas ein: »Frau Rettich, du könntest Pupsi doch in einer Autobahnkirche heiraten. Wäre das nicht wunderbar. Ich stelle mir das hinreißend spannend und stillos vor: Pupsi im kohlenmonoxydgrauen Anzug, du im schicken Viertürer, ein Traum in Blech. Die Gäste gespannt und gerührt im Handgas, oder wie das heißt. Da plötzlich ein krachendes Kreischen: Der Pfarrer brettert mit 70 Sachen in den Altarraum, in allen drei Gängen gleichzeitig; für jede Einfaltigkeit einen. Die Gemeinde singt: Herr Jesus, gib Gummi! Den Schwiegermüttern läuft das Kühlwasser aus. Der Pfarrer spricht mit laufendem Motor: Herr, segne diese Raststättenbekanntschaft! Herr, Du allein gibst uns mit der Lichthupe Signal und verweist uns auf die rechte Fahrspur! Du bist wie eine Notrufsäule, wie ein Abschleppwagen! Bewahre und schütze uns vor Kolbenfresser und Keilriemenriss bis zur nächsten BP-Tankstelle! Amen! Dann werden Felgen getauscht, und ab! Sagt mal selbst, nehmt mal an, ihr wäret Gott. Würdet ihr so eine Kirche besuchen? Glaubt ihr, Gott geht in die Autobahnkirche?«

Czerni: »Wenn ich Gott wäre, würde ich schon 200 Meter davor auf die Tube drücken.« Und Frau Rettich bringt alles auf den Punkt:

»Wenn der Herr gewollt hätte, dass wir Auto fahren, dann hätte ER uns doch wohl Sportsitze gegeben.«

Czerni und ich würdigen Rettichs schiefe Metapher und fahren enthusiasmiert fort: »Wenn ER gewollt hätte, dass wir über's Meer fahren, hätte ER uns doch Schrauben gegeben!«

»Und Kombüsen!«

»Und einen Kapitänstisch. Und Stewards!«

»Und wenn ER wirklich gewollt hätte, dass wir uns in die Sonne legen, dann hätte ER doch – na, was hätte ER dann?«

»Weiß nicht. Sag schon.«

»Dann hätte ER uns doch eingeölt!«, lässt Czerni die Luft aus dem schönen Spiel.

Frau Rettich stöhnt am Lenkrad.

Das mit der Hochzeit geht ihr nicht aus dem Sinn, und auf der Höhe von Offenburg hat sie beschlossen, den *Novio* noch in diesem Sommer zu ehelichen. »Scheiß drauf!«, sagt sie romantisch. »Es gibt Entscheidungen, die müssen ganz einfach mal getroffen werden. Ich glaube, das ist ein Mann fürs Leben. Und wenn ihr euch auf den Kopf stellt.«

Czerni wird sanft therapeutisch: »Wir stellen uns nicht auf den Kopf, du allein musst wissen, was für dich gut ist. Und wenn er nun mal der Mann fürs Leben ist ... genauso wie der Niko, der war ja auch was fürs Leben.«

»Uäh!« Frau Rettich übergibt sich fiktiv.

»Oder der Schmitz.«

»Hör mir mit dem Schmitz auf!«

»Karlimaus.«

»Karli – war das eine Pleite.«

»Fürs Leben. Wernerschatz.«

»Schluss! Aus! Das hier ist was ganz

anderes! Mir ist, als hätten wir uns schon immer gekannt. Der ist so vertraut. Der wird geheiratet und basta! Und schön ist der! Schön!« Sie langweilt uns wohl hundert Kilometer lang mit der pupsischen Schönheit.

Die Landschaften draußen werden immer fremder. Die Czerni überlegt, ob sie das Bügeleisen abgestellt hat. Bei mir setzt erstes Heimweh ein.

Bin ich bescheuert, freiwillig mein Land zu verlassen? Was soll ich – so jung – in der Fremde? Im Nieselregen kenne ich mich aus. Wenn wo wer lacht, weiß ich worüber. Wenn wo Marmorkuchen draufsteht, ist auch Marmorkuchen drin. Wenn ein Kellner achtundsiebzigachtzig bitteschön sagt, weiß ich, dass ich beschissen werde. Was soll also der Unfug, fremdes Terrain zu betreten?

Unglücklich stecke ich fest neben Rettichs riesigem Kosmetikkoffer. Da lob' ich mir Czernis Equipment, das schmale. Sie hat wohl nur ein Fläschchen Tosca dabei für die nötigste Hygiene. Mehr braucht eine wie sie ja auch nicht.

Vom Fernschmerz erfüllt will ich sofort rauchen, zucke aber noch rechtzeitig zusammen. Geraucht wird alle achtzig Kilometer. Mit diesem Edikt hat Frau Czerni die aufgekratzte Stimmung gedämpft. Sie müsse sonst speien, sagt Czerni. Sie bekäme sonst Kopfweh. Es ginge ihr dann sehr, sehr schlecht. Das muss man sich vorstellen: Diese Schlampe trinkt wissentlich und gerne schmerzbringende Weine, und zwar freiwillig und in großen Schlucken. Und uns verbietet sie das Rauchen! Rettich und ich starren auf den Tachometer. Wenn es so weit ist, rauchen wir wie die Braunkohlewerke. Wehmütig singe ich die schönsten deutschen Volkslieder und muss schon nach 70 Kilometern rauchen. Czerni wendet böse den Kopf, wagt aber keinen Protest. Wir könnten sie ja für das halten, was sie ist: Eine mit Hang zum Höheren (A 13 brutto).

Hinter der französischen Grenze erklärt sich Frau Rettich zum Thema Frankreich. Schon oft ist mir aufgefallen, wie rüde und ausfallend sie wird, sobald wir auf unseren europäischen Nachbarn zu sprechen kommen. Nie konnte ich ihr etwas entgegenhalten, da ich zu selten bzw. noch gar nicht in Frankreich gewesen bin, doch meiner stramm sozialistischen Gesinnung ist es zu verdanken, dass sie bisher wenigstens die unschuldige französische Arbeiterklasse in ihren Tiraden geschont hat. Das fällt ihr leicht, da sie sowieso und egal in welchem Land nur Mittelständler kennt. Und nicht einen echten Proletarier. Wie ich übrigens auch, aber das ist noch lange kein Grund, nicht Sozialist zu sein. Es gibt sozialistische Parteien, die sind voll von Leuten wie Rettich und mir.

In flammender Rede hält sie nun dem »Kackland, dem unterentwickelten« harschen Chauvinismus vor; der Franzose sei eine »echte Nationalistensau«, wenn es um sein Land ging. Und Rettich beschließt ihre Brandrede mit einem nicht unbedingt logischen: »Der Spanier ist einfach besser!« Die Czerni hält moderat sozialdemokratisch dagegen, doch mehr aus Prinzip denn Weltläufigkeit. Sie hat die Welt ja auch noch nicht gesehen, kennt kaum fremde Länder und Menschen; ja, wenn ich mir ihren Glockenrock so betrachte, dann möchte ich meinen, sie ist noch nie weiter gekommen als bis kurz hinter Fulda.

Frankreich dehnt sich vor unserem kleinen Auto. Es scheint immer länger zu werden. Wie Teig, der mit dem Nudelholz gerollt wird, und wir sind das Nudelholz.

Ich kenne Frankreich, wie gesagt, kaum; nur aus Filmen und Liedern, aus Büchern und Flaschen, vom Teller und von Frau Rettich. Hie und da erinnert etwas in der Landschaft die Czerni an ein Bügeleisen. »Schlimme Waldbrände sollen die ja auch haben. Haarsträubende, furchterregende

Brände. Genauso schlimm wie demnächst der Großbrand von Frankfurt.«

Am Abend in Bourg werden alle Koffer gewuchtet, denn, so Rettich: »Weil, der Franzose klaut nämlich wie ein Rabe, und das am liebsten aus dem geschlossenen Kofferraum.« Und weil sie nun mal unsere Führerin ist, nimmt Frau Rettich auch das Einzelbett. »Oder will eine von euch?«, fragt sie rhetorisch und verrammelt sicherheitshalber den Zugang zum Bett mit dem Kosmetikkoffer. Frau Czerni und ich sitzen auf dem gemeinsamen Ehebett und mustern uns wie zwei Ratten in der Falle.

»Und jetzt«, bestimmt Rettich, »gehen wir in eine Kneipe. Weil, in französische Betten muss man sich nämlich hineintrinken.«

Und das tun wir denn auch.

Gauleiterin Rettich ist, obwohl in Welschenland, gut gelaunt und gibt eine hochintolerante Franzosen-Anekdote nach der anderen zum Besten, bis Frau Czerni und mir der anti-faschistische Schweiß auf die Stirn tritt.

Dann sehe ich nur noch die Czerni vor mir, wie sie ihre Socken auszieht und diese – einer guten Zigarre vergleichbar – unter der Nase durchführt. Dazu brüllt sie:

»Wäschetest!«

und

»Jawohl! Die gehn morgen noch mal!«

Da schlafe ich angeekelt ein und träume von – Bad Orb.

100 Kilometer vor Spanien wirft Frau Rettich den Recorder an und stellt ihn auf Kreischen. Das mache sie immer so, sagt sie, das sei ihr kleines Ritual, wenn die karstigen spanischen Berge auftauchten aus dem »verfluchten französischen Kackpanorama«.

Das Gebirge ist herb, die Kassette jault, Frau Rettich jault mit. So schnell wechselt ihre Stimmung. Vorhin, in der französischen Raststätte, da hat sie noch einen

Skandal gemacht, weil kein Bier verkauft wurde. Das heißt, Bier hätte Frau Rettich schon bekommen, aber nur im Verbund mit einem kleinen Tankstellenmenü. Kein Menü – kein Bier, lautete die schlichte französische Weisung. Frau Czerni und ich liefen vor Scham knallrot an; wir versuchten es mit Handauflegen, aber Rettich hat die Grande Nation zusammengekrischen, sie sei ja schon weit rumgekommen in der Welt, aber so etwas Bekacktes wie das Drecksfrankreich, das sei ihr noch nie untergekommen. Das Ganze hätte nur einen Sinn, nämlich den, dass man durch es hindurch fahren könne, direkt ins schöne gastfreundliche Spanien, ansonsten hätte Frankreich gar nichts auf der Landkarte zu suchen. So lief Frau Rettich völlig aus dem Ruder; zum Abschied forderte sie auch noch alle anwesenden Bediensteten auf, sich die Tankstellenmenüs in den Arsch zu stecken, das wäre der richtige Ort für den Fraß, von wegen Cuisine, alles Betrug, sie sollten viel öfter von ihrer Guillotine Gebrauch machen, das sei die einzig gute Idee, die dieses Land je hervorgebracht habe. Frau Czerni und ich standen rosafarben daneben und waren dankbar dafür, dass der Franzos zu faul und chauvinistisch ist, um Fremdsprachen oder gar Deutsch zu lernen, das behauptet jedenfalls Rettich. Frau Czerni und ich sind eher scheue Personen, wir lassen uns lieber bestehlen und betrügen, als Skandal zu machen, und dementsprechend leidvoll standen wir neben der Megäre Rettich, die abschließend nur noch wiederholen konnte, das sei ja typisch! Das habe sie schon immer gewusst, typisch sei das, typisch!

Aber das grobe Gebirge hat Rettich die gute Laune zurückgegeben, im Rhythmus ihrer kreischenden Tangos schlägt sie mit den schmalen Händen auf das Lenkrad ein. Dafür geht es mir jetzt schlecht. Eigentlich will ich lieber doch nicht nach Spanien. Was soll ich in diesem rauen Landstrich, wenn zu Hause Rotbuche und Linde sich zart im Wind wiegen? Was soll ich hier, auf diesem furztrockenen Boden, wenn daheim im kühlen Grund die Heidelbeere unter der Sandale weich nachgibt und der prachtvolle deutsche Specht eine deutliche klare Sprache spricht, deutlicher jedenfalls als der spanische Zöllner! Einen Moment lang irritiert mich sehr, dass der Zöllner Frau Rettich gar nicht zu kennen scheint! Die fährt doch jedes Jahr hierher, die ist doch eine der glühendsten Patriotinnen des Landes, und jetzt will sie auch noch einheiraten! Solche Vögel muss man doch kennen und per Handschlag begrüßen: »A, Señora Rettich, como estás, auch mal wieder hier, und was macht der Gemahl, und die böse Schwiegermutter – immer wohlauf? Estupendo, muy bien!«

Nichts da. Der Mann zeigt kein Zeichen des Wiedererkennens, noch nicht mal, als er – wahrscheinlich zum 100. Mal in seiner Berufslaufbahn – in Rettichs Reisepass schaut. Finster blickt er drein, der Südländer. Und man versteht kein Wort von dem, was er sagt.

Nein, ich steige nicht aus. Neben der großen Kosmetiktasche von Rettich will ich feststecken und an Deutschland denken, bis die Urlaubszeit um ist. Oh Deutschland, du fernes bekloppptes Vaterland! Zum Weinen bescheuert und wiedervereinigt, nie warst du mir näher als hier, im spanischen Staube, wo die Menschen schnell sprechen und das noch nicht mal auf Deutsch. Sei mir gegrüßt, Heimatland süß, du Land voller Kastanien und Eichen, voll Weizsäckers und Willy Brandts! Wie lieblich dehnen sich deine Felder, wie abgeklärt zieht sich der Main vom schönen Lohr/Main bis nach Würzburg/Main und noch viel weiter darüber hinaus; wie lahm und umständlich tratschen die Eingeborenen, die da tragen so traute Namen wie Hans und Franz, Renate und Bärbel, Norma, Aldi, Woolworth und Annemarie Renger! Und nicht solche Quatschnamen wie José oder gar Montserrat! O du drögeste aller Republiken, wie fehlst du mir gerade jetzt, wo das Aug nicht so weit reicht, wie der erbärmliche Wurz das karstige graue Gestein deckt! Und was immer ich so lauthals über Exil und Emigration blökte: Das war nur Spaß! Das war nicht so gemeint!

Der Frau Czerni ergeht es wohl ähnlich, denn sie mustert die garstigen Berge und sagt schlicht: »Ich will heim.« Ja, das hier ist was ganz anderes als Fulda. Mitfühlend kneife ich ihr in die Schulter. Dankbar kreischt sie auf. Und fragt sich, ob Frankfurt schon in Asche liegt. »Das war nämlich ein Hochleistungsbügeleisen!« Und sie schaut auf die Uhr.

Frau Rettich aber dreht den Recorder noch lauter und atmet tief und befreit. Dann singt sie mit ihrer tiefgerauchten Stimme »Presiento que tra la noche vendrá la noche más larga! Weil, der Spanier ist nämlich sentimental! Wie ich!«

Das wissen Czerni und ich schon lange. Frau Rettich ist eine sentimentale Schnalle, hemmungslos, eine Hardcore-Romantikerin von der ganz unbelehrbaren Schule; das gibt ihr auch die Kraft, beispielsweise in Raststätten herumzuschreien, aber unter dem rüden Verhalten verbirgt sich ja nur ein Mensch, dessen Tagebuch man um keinen Preis lesen möchte.

Unserem starken Heimweh zum Hohn spricht die zartfühlende Rettich nur noch von ihrem *Novio;* wohl 300 Kilometer lang. Da sinke ich in die Kosmetik und betrachte fassungslos dieses fremde Land. Noch nie war ich so weit im Süden. Um ehrlich zu sein: Ich lebte sehr lange Zeit nur in der Nähe von Fulda. Noch nicht mal mittendrin. Und in diesem Spanien, Donnerwetter, wachsen am Straßenrand Pflanzen, die gibt es bei uns nur in klitzeklein auf den gefeudelten Fensterbrettern der Vorstädte, in geschmackvollen Makramee-Ampeln, umrahmt von bunten Brezeln aus Salzteig.

Vollgebaute Küstenstücke blinken in der Ferne. »Da fahren wir nicht hin, keine

Angst. Da sind schon alle europäischen Minderjährigen und Azubis, Gesellen und Stifte, um Schnitzel zu essen und sich reihum zu vögeln. Das ist das berühmte Lloret de Mar.« Entsetzt schauen wir zu dem Pfuhl hinüber und sind uns einig: Sinnlose Völlerei und liebloser Beischlaf haben in diesem Urlaub nichts verloren. Wozu reisen wir schließlich! Wir wollen mal so richtig raus aus allem. Frau Rettich vielleicht ausgenommen.

»Stinkstufe 1!«, ruft Rettich und kurbelt die Fensterscheiben hoch. »Hier ist so ein Werk. Gleich wird's noch mal schlimmer. Jetzt! Stinkstufe 2!«

Ein großer grinsender Holzwalfisch lädt vom Straßenrand aus die Camper zu sich ein. »›La ballena alegre‹ heißt der Campingplatz. Ganz nahe an der Stinkstufe. Und das da ist ein Straßenpuff.« Tatsächlich. Fernfahrer beklettern über Feuertreppchen Appartements. Die Klischees sind – Sozialismus hin, Arbeiterklasse her – auch hier akut, die Welt ist auch hier in der Reihe; auch hier spricht man offenbar die Sprache des zahlenden Gliedes, das Zipfel-Esperanto. Nach Rettichs verblendeten Dauerelogen in der Heimat ist das nun doch ein harter Schlag für Czerni und mich, ihre getreuen, blauäugigen Vasallen.

Zwischen hohen Gräsern im Straßenstaub stehen die Mädchen, und wir müssen ernsthaft über die Prostitution disputieren, bis schöneres Land in Sicht ist. Vor Sitges dreht Rettich durch, klopft, singt, raucht und pfeift, alles auf einmal, schreit: »Das Meer! Das Meer!«, und: »Meine geliebte Zementfabrik!« Wir fahren durch ein verröhrtes und vernetztes Tal, aus Bergscharten staubt grauer Puder, vorbei, vorbei. Vor uns liegt Sitges.

»Frau Rettich, was soll das heißen: Tot per Catalunya!?«

»Und warum heißen die Straßen hier nicht calle, sondern carrer?«

»Mein Goldstück, wir sind hier in Katalonien. Hier spricht man Katalan.«

»Ja, um Himmels willen!«, bricht sich Empörung Bahn, »warum hast du uns das nicht beigebracht? Wie sollen wir uns hier verständigen? Sag bloß, wir haben all die Wochen Spanisch gelernt, nur damit du uns an den einzigen Flecken der Welt gurkst, in dem man Katalan spricht, du Kuh!« Frau Czernis Urlaubskonstrukt gerät ins Wanken. Dafür hat sie wochenlang im Kurs geblufft und geschummelt und Rioja getrunken, um jetzt damit nichts anfangen zu können! Ihre Empörung ist von gleicher Wucht wie die dazugehörige Lebenslüge. Frau Rettich windet sich wie immer gekonnt: »Erstens kann ich selbst kein Katalan. Zweitens ist das eine furchtbare Sprache, es ist so verwandt dem Französischen. Statt ›todo‹ sagen die ›tot‹ und statt ›por‹ sagen die ›per‹. Keine Bange, Papa Alfredo und Jorge sind Argentinier, und die sprechen bekanntlich das deutlichste und feinste Spanisch.« Doch im Kurs rumort es leise weiter. Vier Wochen lang nur betrogen und verarscht. Nieder mit Rettich. Wir sind der Kurs. Wir wollen sofort unsere Akten sehen.

In der Carrer Bon aire ist das Begrüßungsgeschrei groß. Frau Rettich wird geherzt und gepresst, Herr Jorge stemmt den Kosmetikkoffer sofort aufs Einzelzimmer. Dann muss sie berichten, von daheim, von Katze und Eltern und *Novio,* und Alfredo singt lächelnd:

»Madrid. Madrid. Madrid.«

Alfredo ist ein zierlicher Mann mit dem gütigsten Gesicht der Welt. Czerni und ich sind uns einig: Selten haben wir jemanden getroffen, dem das große Herz schon von weitem so hell aus dem Leibe leuchtet. Ja, Alfredo könnte man alles erzählen. Wenn man könnte. Alfredo wendet sich liebevoll an uns beide; wir sitzen wie Taubnüsse auf dem Sofa. Jetzt spricht er uns an! Frau Czerni grinst dämlich.

Natürlich habe ich heimlich gelernt! Natürlich habe ich mich darauf gefreut, im entscheidenden Augenblick loszulegen und spröde Lehrbuchweisheit in souveränes Parlando zu verwandeln!

Natürlich wollte ich prahlen!

Als Alfredo mich anspricht, fällt das Gelernte sofort von mir ab wie Schuppen. Ich weiß nichts mehr.

Und grinse so dämlich wie Czerni.

Am Abend wirft sich Frau Rettich in ein stechend rotes Kleidchen und geht mit uns das Meer begrüßen. Da tappen Czerni und ich hinterdrein und stehen artig in einer Postkarte: 1 untergehende Sonne, 1 weites Glitzern, 1 Raunen, 1 Rauschen, div. Fledermäuse an Laternen. Das Kirchlein steht über dem Strand, das Meer drückt dagegen, weicht zurück und drückt, und Frau Rettich sagt:

»Jede siebte Welle ist eine Woge.«

Da denken wir uns stumm ins Universum hinein, bis Frau Rettich lüstern aufstöhnt. Sie hat es mit ihren Gedanken offenbar gerade mal wieder bis nach Madrid geschafft.

In der Nacht, nach dem rettich-rituellen Großumtrunk schaut sie noch einmal kurz bei uns im Zimmer vorbei. Czerni hat alle Glockenröcke in den Schrank gehängt, alle schlimmen Schuhe darunter gestellt, sie hat den Wäschetest positiv abgeschlossen, und gerade ist ein temperamentvoller Streit am Kochen: Ob das Fenster des Nachts zu öffnen oder zu schließen sei. Dazu brummt laut ein Aggregat im Hinterhof.

»Hör mal, Frau Rettich, wie eklig das brummt. Da muss man doch das Fenster …«

»Ich will nicht ersticken!«

»Dann leg halt deine Socken vor die Tür!«

Frau Rettich, mit ihrem Einzelpräsidentenvorzugszimmer hochzufrieden, kann nur an den *Novio* denken. Da liegt sie in

Unterwäsche und Turnschuhen platt auf Czernis Bett und sülzt sich die Seele aus dem schönen Leib.

Ja, Frau Czerni könnte sich mal ein Beispiel an der rettichschen Unterwäsche nehmen. Da könnte sie sich mal eine Rüsche von abschneiden. Sie jedenfalls sieht in der ihrigen aus, als wollte sie gleich in den nächsten Sandkasten und mitspielen.

»Ich glaube, den muss ich heiraten!«

»Vor drei Monaten hast du uns noch zu einer anderen Hochzeit eingeladen.«

»Mein Goldstück«, argumentiert Frau Rettich, »das war doch etwas anderes.«

»Aha«, sagt die Czerni bartgemäß sachlich und herzlos: »Wenn ich mich recht erinnere, wolltest du damals heiraten, weil er so patent war, auch den Abfall runtergebracht hat und – ich zitiere aus dem Gedächtnis – ›mir die Bierkästen hochschleppen kann‹. Und der *Novio* ist das blanke Gegenstück?«

»Jaaaah!«, rennt Frau Rettich ins offene Messer. Die viele Libido hat ihr wohl das

Hirn erweicht. Czerni stößt zu: »Du brauchst also jetzt einen mit linken Händen, einen, der Abfall macht und ...« Rettich steht auf und geht: »Wohl noch nie was von Seelenverwandtschaft gehört.«

Die Czerni macht sich lang: »Tsttst, wenn du mich fragst: Die Logik hat sie nicht gepachtet.«

»Nee, das nicht«, murmele ich ins aggregatorische Brummen. »Aber klasse Unterwäsche.«

»Gans!«, sagt Czerni und atmet die ganze Nacht durch ihren hierfür viel zu schmalen Rachen.

Jeden Morgen das gleiche Bild: Frau Rettich trödelt so lange im Haus und vor ihrem Kosmetikschränkchen herum, bis die Sonne steil am Himmel steht. Frau Czerni und ich, putzmunter und strandfertig, hören die Tiegelchen klappern, die Flakons klirren und die Rettich stöhnen. Dann stöckeln die Pumps über den Boden, wir fassen die Taschen und hangeln bepackt die eiserne, zitternde Wendeltreppe hinunter, wo der Terrier Greta schon auf Czerni wartet, um ihr in den Schuh zu beißen. Alfredo und Rettich schnattern, während Czerni und ich, tumb an die gekalkten Wände gedrückt, hoffen, dass uns niemand anspricht. Auf dem Weg zum Strand liegt Frau Rettichs rituelles Frühstückslokal. Der rettichsche Kellner erscheint, wünscht guten Morgen, schnattert mit Rettich, nimmt ihre Bestellung entgegen, während Frau Czerni und ich auf den Korbstühlen herumrutschen und hoffen, dass er uns auch anspricht. Frau Rettich streicht sich beim Bestellen stets überlegend das Dekolleté und entscheidet sich schließlich für fettig gebackene Spiegeleier mit fettigem Schinken und Bier. Aus purem Entsetzen haben wir ihr es am ersten Morgen gleichgetan, die Wirkung ist phänomenal: Bis zum Abend hört man aus dem Magen nicht das leiseste Knurren und im Meer schwimmt man immer auf der Stelle. Ordnungsgemäß Kiel unten, wie es sich für eine Urlaubsregistertonne gehört. Zum Frühstück liest Frau Rettich El País und wir die FAZ. El País dauert länger. Frau Czerni und ich betrachten solange die Promenade.

Die Bürgerschaft von Sitges hat sich beharrlich geweigert, grobe Klötze ins Städtchen zu bauen. Nur ein Kompromissklotz wurde errichtet, in zwanzig Fußminuten Entfernung. Damit die Gäste aus diesem Hotel den Weg ins Städtchen finden, fährt täglich mehrmals ein kleines Pferdegespann die Strecke ab. Und zu jeder Zeit ist der Wagen vollgeladen, voll mit rotgesichtigen, spitzbusigen Männern und Frauen, die über die Lehnen quellen und zu faul sind, die ausgebuchteten Hinterteile und Bauchstücke den Strand entlang zu tragen. Und alle gucken, wenn sie kommen. Da sitzen sie, wider Willen schunkelnd, auf dem Bollerwagen, heimlich belacht und begafft ob ihrer ersichtlichen Trägheit, und lustig flattert die bunte Markise über den hochroten und -irritierten Fratzen des Pauschaltourismus. Ich muss immer rufen: »Da kommt wieder der ambulante Pranger!« Und alle, alle gucken hin.

Nach dem Frühstück geht Rettich ins Haus zurück, um nochmals kleine Tiegelchen in den Ausschnitt zu streichen, bis es endlich losgehen kann.

Der nudeldicke, schwarzgebrannte Alte vom Liegestuhlverleih gibt Frau Rettich unsere Karten. Er schaut zu uns beiden rüber, sagt etwas, dann schaut auch Frau Rettich, und beide lachen uns herzlich aus. »Fünf Mark am Tag für so einen Liegestuhl«, stänkert Czerni, »es muss ja auch das Teuerste sein. Die Unbequemen ohne das kleine Sonnendach kosten die Hälfte. Die Rettich geht ganz schön ran mit unseren Finanzen!« So ist sie, die Czerni. Aus Kostengründen würde sie lieber den ganzen Tag auf einer brettharten Pritsche breitaufrecht am Strand sitzen. Wie gut, dass Frau Rettich unser Geld mit beiden Händen rauswirft und uns so einen Hauch von savoir vivre vermittelt. Alleine würden wir da ja gar nicht drauf kommen. »Das ist savoir vivre«, sage ich, und ergänze, wegen dem großen Latinum: »Und arsch vivendi ist das auch.« Beschwingt kommt Rettich von dem kohleschwarzen Alten zurück. »Er sagt, ihr sollt aufpassen und nicht am ersten Tag schon in der prallen Sonne liegen. Sonst seht ihr gleich aus wie die Gambas.«

»Krabben«, übersetze ich Czerni ganz überflüssig, denn in Speisekarten ist sie gut, in jeder Sprache der Welt. Diese Vokabeln merkt sie sich locker, wie angeboren sagt sie Stratschatella und alforno, das verfressene Aas. »Recht hat der Alte«, summt Rettich und legt ihren schönen Körper in die beste Liege. Wohlgefällig streichelt sie ihre schönen Beine: »Hach, ich muss noch gewaltig bräunen! Ich sehe noch aus wie ein Schmelzkäseeckchen, hachhach!«, demütigt sie uns Weißwürste munter, »hach, hach, hach!«, und reißt sich das knappe Oberteil runter. Auch Frau Czerni legt jetzt ungeniert die flachen Brüste frei, die weißen Beine hoch und verteilt Schutzfaktor fünfzehn.

Ich schäme mich für die beiden Flittchen. In unseren Breiten sind sie doch zurechnungsfähige, bisweilen sogar gestandene Frauenspersonen, und kaum brennt ihnen die Sonne auf den Pelz, kaum hören sie das Meer strömen, schon müssen sie sich die Kleider vom Leib reißen und ihre Nudeln in die Hitze halten. So sind sie: Deutsche im Ausland. Ich versuche, ein undeutsches Gesicht aufzusetzen und die Liege etwas abseits von den beiden Peinsäcken aufzustellen, da bricht sie auch schon zusammen, die Liege! Natürlich! Die Damen haben sich mit sicherem Griff die guten Liegen gewählt, die Präsidentenliegen. Und ich muss im Sand kippeln! Da liegen die beiden schamlosen Drohnen – inzwischen haben sie sogar die Augen geschlossen – nutzlos mit ihren kleinen weißen Dudeln in den Luxusliegen und stehlen dem lieben Gott den Tag! Man muss nicht unbedingt katholisch sein, um beim Anblick der beiden halbnackten Taugenichtse die Sinnfrage zu stellen: Woher kommen die? Wohin gehen die? Wer will mit denen befreundet sein? Und warum, zum Teufel, halten die ihre Dudeln in die Sonne? Es gibt doch so viel Elend in der Welt. Sollte der Mensch nicht lieber stets strebend bemüht sein, sich selbst zu vervollkommnen? Und nicht, sich zu bräunen? Nahtlos, wenn möglich? Doch solche Überlegungen haben ausgerechnet an einem Strand nichts verloren, schelte ich mich selbst. Und nehme Schutzfaktor fünfzehn und lege mich still daneben.

Ruhe ist am Strand. Der schwarzgebrannte Alte dämmert unter seinem Parasol, zwei gutgebaute Schwule spielen zierlich Federball. In Sitges sieht man viele dieser manierlichen Männer, denn hier sagen sich Detlef und Dietsche in allen Sprachen der Welt Gute Nacht. Die Menschen liegen sanft und dumpf, kein Gedanke rührt sich heute. Die Sonne drückt uns tief in die herrlichen Liegen für nur fünf Mark am Tag. Ein weißes Segel zieht vorüber. Die Schwulen verschwinden im Schatten. Frau Rettich verlangt nach Dosenbier. Der Keks droht ihr zu vertrocknen. Sie fingert das Oberteilchen zurecht, drückt das Kreuz durch und schlendert zum Erfrischungshäuschen. Dann liegt sie wieder und stößt auf. Lässt sogar die Dose kreisen. Wir sind plötzlich eine platte Bagage. Die Sonne prügelt den Anstandsrest klein. Uns fehlen jetzt nur noch Netzhemden und fleischfarbene Herrensocken. Dann hängen wir unseren Bauch über den Hosenbund und wählen CDU. Das Leben kann so schön sein. Am Mittag lassen wir die Menschheit Revue passieren: Die ist schwanger. Ist die da schwanger? Quatsch, die ist zu alt, um schwanger zu sein. Mensch, ist die mutig. Ja, zu mutig. Arsch und Schenkel, Schenkel und Arsch, französischer Arsch, deutsche Schenkel, Bauch hier, Bauch da vorne. Wie kommst du darauf, dass die Französin ist? Weil, die Spanierin hält auf sich, auch wenn sie schon verheiratet ist. Nicht so die Französin, alles andere ist eine dreckige Lüge, wie das mit der Cuisine. Guck mal, die Weißwurst. Guck dich selber an. Mach doch mal isometrische Übungen, Bein hoch und ran und hoch und ran. Ich geh jetzt ins Wasser. Schwimm nicht so weit raus. Ich geh ja nicht zum Schwimmen rein, sondern weil ich mal muss. Du Sau. Das Bier, mach was dran. Igitt. Wie wird man den Beinschwabbel bloß wieder los? Da setzen die Satelliten und Teflonpfannen und Nylonstrümpfe im Weltraum aus, aber ein Mittel gegen den Beinschwabbel haben sie nicht. Es müsste doch, groß angelegt und streng wissenschaftlich, etwas gegen Beinschwabbel möglich sein. Da fällt mir etwas ein: Ich muss nur noch die Czerni für den Club gewinnen. Sie sträubt sich, dabei soll sie gar nichts machen, nur ihre Mitgliedsbeiträge pünktlich zahlen. Um den Rest kümmere ich mich, verspreche ich ihr in die Hand. »Was glaubst du, was für ein Bedarf an solch einem klasse Club besteht! Die Frauen rennen uns die Türen ein!«

»Das glaube ich. Deshalb kommen sie ja in den Club. Weil sie so viel einrennen, mit ihren Beinen.«

»Sei nicht so gemein. Diese Frauen können so wenig dafür wie wir beide.«

»Ich will mich da ausgenommen wissen, meine Liebe, ich könnte auch gut ohne den Club leben. Wie sieht überhaupt dein Programm aus?«

»Also: Erst mal muss ich natürlich die Beiträge kassieren. Ohne Beiträge läuft nichts. Wir brauchen Räume, Geräte, Kassenbericht; dann muss der Vorstand entlastet werden …«, verheddere ich mich in meiner Spitzenutopie. »Wir müssen raus und Mitglieder werben! Mensch! Czerni! Du und ich! Wir haben doch praktisch nur solche Freundinnen! Die müssen alle in den Club! Das ist ein Riesenproblem! Da sehe ich einen unglaublichen Handlungsbedarf! Das Ganze ist auch ein Stück weit Lebenshilfe! Wir werden gemeinnützig! Die Frauen wagen sich wieder in kurzen Röcken nachts auf die Straße! Und ihre Beiträge können sie sogar von der Steuer absetzen! Im Clubhaus ist rund um die Uhr Dienst! Für Härtefälle! Nach einem Jahr können wir uns selbst ernähren, dann kaufen wir drei oder vier Grundstücke dazu! Wir haben dann schon längst Filialen im Ausland! Ich, als Präsidentin, reise ständig herum und mache Stichproben und Stippvisiten! Die Schwestern freuen sich natürlich immer ungemein, wenn ich unvermutet auftauche. Schwarze Schafe werden sofort liquidiert. Den anderen soll es gut ergehen bei mir in meinem schönen Verein! Wir können auch Uniformen tragen, das ist gut fürs Gemeinschaftsgefühl. Nichts Martialisches, nichts Klobiges, eher was Fesches, Schickes, Flottes, ich denke da an Frau Rettichs Gerichtskostüm …«

Frau Rettich ist aus ihrem Schnarchen erwacht, klappt mehrmals schmatzend den Mund auf und zu und haspelt heiser: »Was ist schon wieder mit mir?«

Mir kommt eine glänzende Idee: »Dich

machen wir zu unserer Schutzpatronin! Du sollst unsere Nestorin sein, unsere Doyenne, Heilige Rettich, entschlacke für uns!«

»Wie komme ich zu der Ehre?«

»Wegen deinen Beinen«, sagt Czerni.

»Dei-ner Beine!«, sage ich.

»Du sollst mich nicht immer verbessern, irgendwann wirst du keine Freunde mehr haben, du Klugscheißer!«, brüllt Czerni.

»Ich kann nichts dagegen machen, ich hab von Geburt an ein Korrekturband drin, Endlosschleife; wenn ich was höre, muss ich ganz einfach …«, brülle ich.

»Was ist nun mit meinen Beinen?«, brüllt Rettich.

»Herrje!«, brülle ich, »es geht um meinen neuen Verein! Ich gründe die ›Notgemeinschaft Dicke Beine‹ und ihr seid herzlich eingeladen!«

Frau Rettich betrachtet stumm ihre Elfenbeinchen. »Ohne mich.«

»Und ohne mich«, sagt Czerni.

»Aber Czerni, sieh mal, du hast doch das Zeug zur zweiten Vorsitzenden. Alleine bringe ich die Organisation nie auf die … auf die dicken Beine! Sei kein Frosch! Mach mit! Reih dich ein!«

Doch die beiden treulosen Drohnen erheben schweigend die Beine zu weiteren isometrischen Übungen.

So versäuseln die Stunden am Strand. Allenthalben tritt Totenstarre ein; nur wenn die Sonne gewandert ist, kommt Leben in die Gestalten. Sie betten sich, der Sonne nach, um.

Czerni und ich müssen dringend in den Schatten, bevor uns das körpereigene Eiweiß gerinnt. An der Promenadenmauer flattert weißes Leinentuch. Darunter aus Planken ein kleines Podest, Tische und Stühle, nachsaisonal leer. Ein Gast mit Rucksack betrachtet abwechselnd den Horizont und seine eigenen Zehen.

Czerni plumpst auf einen Stuhl und ordert in klarem Spanisch Weißwein. Wir wissen beide, was uns erwartet: Kalter

Wein, in glühende Schädel gefüllt, löscht schnell das heiße Hirnchen ab und brummt lange nach. Der czernische Urlaubskamikaze soll jetzt recht sein. Wer sagt denn, dass wir den Tag überleben. Da liegt viel zu viel helle Welt, zu viel Sand, zu viel Gelb, zu viel Azur, zu viel für zwei Augenhöhlen. Und schon lange zu viel für einen Menschen, der einem Lande entstammt, wo die Eingeborenen in dicken Persianerjacken und mit eingezogenen Köpfen unter dem niedrigen Himmel, im milchigen Licht von dürren Laternen … hier durchzieht ein gemächliches Sausen den Kosmos, zieht durch den Sand, durch den Himmel, durchs Wasser, geduldiges Strömen, sogar Czerni hält den Rand.

Mich würde es nicht stören, in dieser Ruhe und Wärme und Strömung zu zerfließen, vom Stuhl auf die Planken, entrinnen, jawohl, der Mühsal aller Bewegung. Wohin kann ich mich schon bewegen, zur Fron, ins Getriebe, darauf ist gepfiffen, es lohnt sich nicht, die schwere, lästige Konsistenz herumzuschleppen, die Bürde zu tragen, in dunkle Straßen und Häuser, in Städte und Dörfer, in Busse und Bahnen. Mir schmiert das Gehirn ab und glitscht auf die Planken, hinterdrein fallen die Augen, die Ohren.

»Ein Schiff! Ein Schiff!«, lallt Czerni und weist mit der Nase zur Sonne. Ein mächtiges kleines, riesiges weißes Schiff befährt genau die Linie am Ende der Welt und soll aufpassen, dass es nicht runterkippt, nach hinten weg, von der Scheibe ins Nichts.

»Wach auf«, sagt Czerni, »wir spielen jetzt Schiffe versenken.«

Der Gast setzt sich mit seinem Rucksack näher und beginnt freundlich Konversation. Frau Czerni, gelockert, voll wie ein Sprachkurs, beseelt von dem Irrtum, Spanisch zu können, leitet das unklare Gespräch. Bei ihr laufen die Fäden zusammen und sie verwirrt sie nach Kräften zum Knäuel. Ich protokolliere gewissenhaft mit, wie beiläufig kritzelnd, damit ich Frau Rettich nachher alles referieren kann und wir uns dann lustig machen:

Mann: Wer gewinnt?

Czerni (in der Annahme, nach ihrem Herkunftsland befragt zu werden): Deutschland.

Mann (lacht. Nicht unbedingt unlogisch):

Ja, im Fußball.

Czerni (in der Annahme, dass es jetzt um Fußball gehe): Blödmann Beckenbauer.

(Sie sagt: Tonto Beckenbauer; tonto ist sowohl adjektivisch wie auch als Substantiv zu gebrauchen und daher auch bzw. gerade von Holzköpfen wie Czerni leicht zu behalten.)

Mann (in der Annahme, dass, wer Beckenbauer nicht mag, unmöglich deutsch sein kann): Engländer?

Czerni (in der Annahme, es gehe weiterhin um Fußball): Die spielen nicht schlecht.

Mann (in der Annahme, die falsche Sprache anzuwenden): Sprechen Sie Deutsch? Ich kann sprechen ein bisschen Deutsch.

Czerni (in irgendeiner Annahme, inzwischen nicht mehr nachvollziehbar): Aus Frankfurt.

Zum Glück naht Frau Rettich. Ich lasse die beiden Turteltauben in ihrem babylonischen Gespräch allein und gebe kichernd Czernis erste große Unterredung im fremden Lande wieder:

Wer gewinnt?

Deutschland.

Ja, im Fußball.

Blödmann Beckenbauer.

Engländer?

Die spielen nicht schlecht.

Sprechen Sie Deutsch? Ich kann sprechen ein bisschen Deutsch.

Aus Frankfurt.

Frau Rettich und ich lachen überheblich

und treten an den Tisch. Ein folgenschwerer Schnitzer.

Der nette Herr Felipe wartet auch am dritten Tag vor Alfredos Haus auf uns. Inzwischen kennen wir seine sympathische Vita. Sogar Czerni könnte laut mitsprechen. Herr Felipe testet an uns gerne seine schütteren Deutschkenntnisse; es biete sich ihm so selten eine Gelegenheit, in Spanien deutsch zu sprechen. Am zweiten Tag vermuten wir, dass es ihm obendrein an der Möglichkeit mangelt, in Spanien spanisch zu sprechen. Es sieht ganz danach aus, als sei Herr Felipe Vollwaise und habe nicht einen Freund auf der Welt. Er selbst erklärt seine Isolation damit, dass er der einzige Kommunist in seinem barcelonesischen Betrieb ist.

Da fliegt ihm unsere Zuneigung kurzfristig blanko zu, und vergessen ist das siebzehnte zäh autobiografische Schmankerl. Nun regt sich das Herz, welches beim gesunden Menschen bekanntlich links von der Mitte zu schlagen hat; außer bei Czerni. Bei Czerni schlägt es sozialdemokratisch unter dem Brustbein.

Bei der ersten Bundestagswahl nach der so genannten Wiedervereinigung, die – wie der Journalist Zippert so treffend formulierte – nichts anderes war als Unzucht mit Abhängigen, kam die PDS in Hessen auf 0,3%. Davon waren 0,1 von mir, 0,1 von der über ihren eigenen Schatten gesprungenen Frau Rettich und 0,1 garantiert nicht von Czerni (SPD).

Um etwas klarzustellen, und ich meine, auch im Namen von Frau Rettich sprechen zu können: Wir wollen keinesfalls unsere Ersparnisse abgeben oder in grauen Treviraanzügen Club-Cola trinken, und wer denkt, genau dies seien die Ziele der PDS, der lebt hinter dem Mond und sollte sich mal ein Grundsatzpapier durchlesen, bevor ihm der Schaum vor genau das Maul tritt, mit dem er ständig die freiheitlich-demokratische Grundordnung bezetert. Ich möchte jetzt nicht politisch werden, dafür fehlen mir Augenmaß und Durchblick, aber aus der Geschichte habe ich gelernt, ich habe meine Hausaufgaben gemacht, und ich weiß, dass man in Deutschland am liebsten rechts vor links fährt, und zwar meistens direkt ins Verhängnis hinein. Und wem die Linken zu zerstritten und uneffektiv sind, der kann ja CDU wählen. Das ist – natürlich nur, sofern man viel Geld hat – von größerem Unterhaltungswert. Ich jedenfalls muss trotz starkem Brechreiz immer wieder lachen, wenn ich den wabernden Kanzler sehe, wie er auf SS-Friedhöfen sein Paulskirchengesicht macht und so läuft, als hätte ihm der Protokollchef kurz vorher persönlich die Hosen bis zum Bruchband zugeschissen. Und Lachen ist bekanntlich gesund.

Selbstverständlich wollen Frau Rettich und ich trotz unserer Stimmabgabe vom letzten Herbst ins schöne Spanien fahren und am Strand unser Bräunungs- und Schwimmsoll erfüllen, keine Frage. Das tun wir auch nicht zu knapp, es sei denn, ein barcelonesischer Kommunist will uns von der Arbeit abhalten. Herr Felipe folgt uns auf Schritt und Tritt; der gütige San Alfredo befürchtet, das könne an den vielen Kerzen liegen, die Frau Rettich in Kirchen stiftet.

Herr Felipe lauert überall in Sitges. Er begleitet uns zum Strand und zum Haus, sogar San Alfredo muss hämisch grinsen. Er begleitet uns in die baskische Tapas-Bar; der schöne baskische Küchenchef äugt aus der Durchreiche konsterniert auf das seltsame Quartett; eine ausnehmend schnittige Weibsperson auf stelzenhohen Stöckelschuhen, zwei plump gewandete weiße Frauen, wie eine Body-Guard seitlich dahinter trottend, und ein junger Spanier mit geschultertem Rucksack, aus seinem Leben erzählend.

Herr Felipe begleitet uns. Er begleitet uns zum Minigolf, erzählt ein wenig aus seinem Leben, morgen ist leider sein Urlaub zu Ende; er begleitet uns über die Promenade und erzählt aus seinem Leben, es schlägt bereits drei Uhr vom Kirchlein herüber, die Müllabfuhr von Sitges fuhrwerkt, sogar die Kellner gehen schon zu Bett, Herr Felipe marschiert und erzählt, da biegt San Alfredo engelsgleich mit dem Hund um die Ecke, scheucht uns gewissenhaft wie die Hühnchen nach Hause und verschließt die Tür vor Felipe und seiner lebenslänglichen Biografie. Die Augen fallen uns schon auf der Treppe zu und San Alfredo sagt gütig: »Ihr solltet nicht so viele Kerzen anzünden, dann hättet ihr auch nicht so viele Männer am Hals.« Und bestätigend beißt Greta der Czerni in den Schuh.

Der Tag Pupsi naht im Sauseschritt. Frau Rettich wird mit zunehmender Bräune nervöser. Jeden Abend, wenn sie zu uns kommt, um nach eines langen Tages Strand von mir mit Après gesalbt zu werden, quengelt sie in Liebesweh und mit heiligen Schwüren, bis Frau Czerni sich ihres Bartes erinnert und mitquengelt und mitschwört, ein braun gebranntes Tollhaus, glänzend wie die Speckschwarten vom vielen Après. Da wird in Turnschuhen und Unterhose auf dem Bett herumgelungert, da werden Butterkekse in die unermüdlich quengelnden und schwörenden Münder gestopft, da werden die Betten vollgekrümelt und alle naslang Dosenbiere zu den heiligen Eiden erhoben. Da platzt die Wollust aus allen Bräunungsnähten, und das nur, weil der Mensch ein zoon politikon ist und keine Minute lang allein sein kann, obwohl ihm andere Menschen im Grunde herzlich auf die Nerven gehen und unbequem sind. Da wird sich in Sitges nach Madrid gesehnt, am Strand nach dem Haus und im Haus nach dem Strand, in der Einsamkeit nach Gewühle und im Gewühle nach der Klause, und jeder bekommt das, was er braucht – nur zur falschen Zeit. So ist es nun mal. Am liebsten würde ich die beiden Schachteln, die mir so innig ans Herz gewachsen sind, rauswerfen und einladen, heuern und feuern, ihnen die Kekse wegnehmen und eine Lage ausgeben. Es ist ein verwirrend Ding um das Menschengeschlecht; mal fühlt man sich in kleiner knuddeliger Zufriedenheit, wie ein Päckchen verschnürt in eitel Wohlbefinden; dann wieder hat sich die Kordel gelöst und man purzelt verwirrt und verängstigt und wehweh durch den befremdlichen Kosmos. Es ist wie mit Hanuta und Bounty, die kann man auch nicht immerzu gleichmäßig begeistert in sich hineinessen, das ist keine linearstetige Freude. Zyklus und Antizyklus sehen auch mal saure Stäbchen oder Storck Schokoriesen vor.

An unserem letzten Abend in Sitges vibriert das ganze Städtchen wie ein großes Festzelt, denn feierlich soll heut Fronleichnam steigen. Seit dem frühen Morgen zupfen Schulkinder Blüten und fachsimpelnde Erwachsene belegen damit die Straßen; San Alfredo ist im Komitee der Bon aire und fest überzeugt, den Schönheitspreis zu gewinnen. Die Straßen werden abgesperrt, an den Blumenteppichen vorbei schlängelt sich das Volk und begutachtet wohlwollend-mitleidig die Blumenpracht der Konkurrenz. Viele Drachen werden zum Umzug erwartet; sie sollen den Menschen die Sünden aus dem Leib feuerwerken; Frau Rettich will in die erste Reihe. Und weil sie unsere Führerin ist, müssen auch wir an den Straßenrand und uns somit selbst den Fluchtweg abschneiden. Donnernde Holz- und Blechkapellen peitschen den Umstehenden das Blut auf Hochdruck, dazwischen rühren winzige Kinderkapellen die nunmehr sperrangelweiten Herzen der wippenden Betrachter, am Ende der Straße taucht ein großer König auf und dreht sich wirbelnd mit der großen Gemahlin im Kreis. Zum Brüllen der Blasinstrumente kreiselt das Pärchen an jeder Ecke, mehrere Männer stecken darunter und wechseln einander in kurzer Folge ab, dann neigt sich das Königspaar und schaut auf den Blütenboden, die Reserve schlüpft unter den Mantel, die Königs richten sich wieder auf und toben und schwanken an der Menge vorüber. Dahinter nähert sich fauchend ein Flammenstrahl. Frau Rettich steht noch immer in der ersten Reihe; ausgerechnet sie mit ihrem Kerbholz sollte doch lieber einen Schritt zurücktreten.

Frau Czerni und ich verstecken uns jedenfalls vorsorglich hinter einem furchtlosen alten Katalanen, der sagt, wir dürften auf gar keinen Fall die Ohren zuhalten, sonst würden die Geister nicht korrekt ausgetrieben. Der Mann hat gut reden; er ist schon so alt und auch altersbarmherzig und wurde in seinem Leben sicherlich mehrfach vom Drachen geläutert; er ist bußimprägniert, aber Czerni und ich waren zum letzten Mal vor 20 Jahren beichten. Zu dieser Zeit hatten wir noch nichts Großes verbrochen, kein wirklich dickes sündiges Ding gedreht, die letzte Absolution löschte lediglich ein bisschen Kinderkriminalität aus dem Sündenregister, etwa das Zerren fremder Haare auf dem Schulhof oder den unbedeutenden Mundraub im Edeka-Markt, wobei die gestohlene Ahoi-Brause vor schlechtem Gewissen sowieso nicht mehr schmeckte. Inzwischen jedoch, nach all den Jahren, hat sich einiges angesammelt.

Schuldbewusst starren Czerni und ich

dem speienden dräuenden Drachen entgegen. Groß ist er, grün und braun; böse schaut er ins Publikum, bleibt vor uns stehen, als könnte er Verderbtheit und Angst und gehortete Schandtaten durch seine feuerroten Nüstern riechen. Die Männer, die ihn begleiten, tragen Drachenmäntel aus Asbest und rauchen ununterbrochen, damit sie an jeder Straßenecke den Drachen mit der Zigarettenspitze in Fahrt bringen können; ohne umständlich langwierige Zündelei versetzen die Männer den Drachen in heiligen Zorn, es knallt aus ihm heraus und er dreht sich im Kreis, er speit seine Feuersbrunst aus dem großen Maul. Die Männer schwingen Ratschen und Stangen, die Feuer schleudern und gewittern und krachen; wie die Hasen kleben Czerni und ich an der Hauswand. Frau Rettich haben wir aus den Augen verloren, es bummert und böllert, auf der Haut stechen brennende Flocken, der alte Mann lacht selig und gereinigt, das Purgatorium will nicht enden, der Drache will nicht weiterziehen, er spuckt auf uns drauf, Frau Rettich ist weg, wahrscheinlich längst schon verglüht, die alte Sünderin, aber sie musste ja unbedingt in die erste Reihe. Czerni und ich haben hinter dem alten Mann noch eine gute Überlebenschance, auch wenn wir nie wieder werden hören oder heiraten können, weil der Drache unser Trommelfell zerstoßen hat, und weil wir – teilversengt und glutdurchlöchert – noch unansehnlicher geworden sind und nun gar keinen Blumentopf mehr gewinnen. Dafür aber sind wir ab heute reinen Herzens; ja, als der Drache endlich abdreht, sehen Frau Czerni und ich uns an; irr, benommen und heilig. Wir sind gut. Wer vom Drachen so rangenommen wurde, der kann ja nur gut sein. Wie kleine Mädchen in weißen Kleidchen schweben wir über den Bürgersteig. Die weltliche Mühe und Schande hat der Drache endlich aus unseren Seelen herausgebrannt, wie im Western der Doc des Cowboys Entzündung.

Von Sanftmut durchweht schweben Czerni und ich friedfertig hinan. Frisch und zart ist mir zumute, ich fühle mich leicht, und zugleich so stark und unsterblich, dass ich im Augenblick todsicher einen jeden vermöbeln könnte, sei er auch noch so untersetzt und stämmig. Jedermann könnte ich jetzt zusammenschlagen, wäre da nicht diese Heiligkeit in mir.

Wir wollen Frau Rettichs Überreste suchen und sie liebevoll bestatten; das hat die alte Sünderin trotz allem verdient.

Da winkt die alte Sünderin auch schon heftig von der anderen Straßenseite und führt uns zurück in die Verkommenheit, vorbei an den Menschen auf der Promenade, die ruhig und konzentriert in großem Kreis Sardana tanzen. Da gehören wir nicht hin, das ist ein Familienfest, hier ist unseres Bleibens nicht länger, wir müssen mit Frau Rettich wieder zurück in unseren Orkus.

Und morgen nach Barcelona reisen.

Und nächste Woche für immer heim, zum tiefen Himmel und den Persianern.

Und die schöne innere Heiligkeit wird vom Alltagsschlottern verdrängt.

»Meine Damen!«, ruft Frau Rettich, »lasst uns ruhig und genügsam im Promenadenrestaurant den Abschied begehen!« Und weil Frau Rettich das Wort ›genügsam‹ so merkwürdig betont hat, greifen Czerni und ich uns vor Schreck blitzartig an die Travellerschecks.

Am Morgen tragen Alfredo und Jorge und der Freund von Alfredo und der Freund von Jorge und die argentinische Kolonie die Koffer zum Auto, zuletzt wird mit vereinten Kräften der Kosmetikladen gestemmt. Frau Rettich ist kaum von San Alfredos Hals zu lösen und er singt zart: »Madrid. Madrid. Madrid.«

Greta beißt Czerni alles besiegelnd in den Schuh, und hinter den Serpentinen fällt der Vorhang.

Frau Rettich hat für ihre Urlaubszeit mit den Bekannten die Wohnung getauscht und sucht jetzt nach dem Schlüssel. »Wo ist, ich hatte doch, Attico ist ganz oben, da werden wir einen Bombenblick, ich habe doch extra den neuen Schlüsselanhänger, aha, alles klar!« Sie zieht einen großen Plastikflamingo aus der Beutelhandtasche, daran hängt ein kleiner Schlüssel. Frau Rettich schwenkt ihn bedeutungsschwer:

»Meine Damen!«

und fummelt minutenlang am Schloss.

»Weil, da gibt es nämlich einen Trick. Das ist nicht so einfach.«

Und weil sie unsere Führerin ist, nimmt

sie das Kämmerchen mit dem direkten Zugang zum Bad. »Oder will eine von euch?«

Der Kosmetikkoffer thront schon gebieterisch feist auf dem Ehebett und beult die Tagesdecke ein.

Dann müssen wir auf der Veranda antreten: »Schaut euch das an! Na, das ist doch was anderes, he?« Rettich saugt den Stadtstaub tief in die Lungen. Wahrlich, welch Metropole! Metropole, so weit das Auge reicht. In der Ferne, vor der Nase, auf Berge und Hügel gebettet, rauschend und brausend fast wie das Meer, nur von kräftigem Hupen gebrochen, Metropole, Metropole, ganz große Stadt.

»Da ist Barceloneta, der Hafen, da steht Cristobal Colón, die Santa Maria sehen wir uns auch an, da, die Seilbahn vom Hafen zum Montjuïc, damit fahren wir aber nicht, da breche ich ins Meer. Uuaaah, das ist wun-der-bar!«

Sie zückt den Plastikflamingo: »Aber bevor wir uns la vida widmen: Kerzen anzünden nicht vergessen! Das muss sein! Das mache ich jedes Jahr! Weil, in Spanien funktionieren die Heiligen besser!«

»Besser als wo?«, fragt Czerni und winkt sich gleich selbst ab.

Frau Rettich führt uns, in den Absätzen federnd und das Handtäschchen gläubig an sich gepresst, zum Domplatz. »Wir treffen uns später am Hauptausgang«, hören wir noch, dann tritt sie an einen der Kerzenstände. Und hat uns vergessen. Ist in sich gekehrt. Mustert die Kerzen prüfend auf Größe und Seligkeitsfaktor. Zwei große, prächtige Kerzen kauft sie und einige Stumpen dazu.

Ich wette, die eine von den dicken ist fürs Staatsexamen, mit der anderen will sie sich Pupsi angeln. Die Stumpen sollen vermutlich den Kleinkram regeln; Eltern, Gesundheit, Strafzettel, Freundeskreis. Vielleicht stellt die Gute auch ein Lichtlein für uns auf: »Und mach, dass meine beiden treuen Vasallinnen sich mal was Ordentliches zum Anziehen kaufen, dass ich mich nicht mehr so schämen muss. Und mach auch, dass die beiden Trampel nette Männer abbekommen, oder lieber doch nicht, weil, dann fahren sie immer mit mir und können den Kosmetikkoffer tragen. Der wird mir mit den Jahren immer schwerer.«

Czerni und ich sind zwar schon längst exkommuniziert, treten aber dennoch unverbindlich vor den Kerzentisch. Und wenn nun doch etwas dran ist? Die Heiligen könnten den Kirchenzinnober inzwischen längst leid sein und sich doppelt freuen, wenn ein strammer Agnostiker mit einer Bitte kommt, wer beweist das Gegenteil? Das ist ja das Schöne am katholischen Glauben: Wenn man sich nur hartnäckig genug in seinen Axiomen einnistet und die Eckpfeiler stehen lässt, kann man nahezu jeden fanatischen Unsinn behaupten, und keiner kann's richtig widerlegen. Das nenne ich gerne ›systemimmanente Logik‹. Natürlich kann man auch ›Eigendynamik von Scheißdreck‹ dazu sagen.

Und wenn ein zugegeben sentimentales, aber auch knallhart rationalistisches Luder wie Rettich auf die Heiligen schwört und bisher gut damit gefahren ist – warum sollte es ausgerechnet bei einer wie mir nicht segensreich anschlagen? Was hat denn Frau Rettich, was ich nicht habe, abgesehen von Schönheit, Klugheit, Klassefigur, natürlicher Intelligenz, Schick, Stil, Geschmack, Fingerspitzen- und Taktgefühl, reichen Eltern und schönen Männern? Na? Na also!

Eine einflussreiche Heilige in der Hinterhand hat noch keinem geschadet. Denn vielleicht fügt es sich dereinst ja doch noch so, wie es der Schulpfarrer an die Wand gemalt hat. Dann sähe ich natürlich alt aus, da wäre ich froh um jede Heilige, bei der ich einen Stein im Brett hätte. Und die Heiligen können auch auf Erden viel bewirken; man muss seine Fürbitte nur inbrünstig genug sprechen und fühlen, dann setzt sich einiges in Bewegung. Ist in jeder Bibel nachzulesen. Blinde können sehen, Lahme wieder gehen, Frau Rettich bekommt einen Mann fürs Leben, die Czerni kauft sich geschmackvolle Schuhe und wechselt das Eau de Toilette; ich werde mutig und draufgängerisch, ehre nicht mehr den Pfennig so sehr und gewinne obendrein noch im Lotto. Auch die Lieben daheim sollen fortan in Freuden leben; sorglos und glücklich, zufrieden und gesund, auch für Länder und Völker lässt sich eine Kerze anstecken, für alles und jeden überhaupt, für den Frieden und die Infrastruktur, für die Gewerkschaften und die Isländer; für die Gerechtigkeit, die Würde, die Schuhverkäufer; für das Ozonloch, für Spielmannszüge, für Fleischfachverkäufer, Mädchenhändler, Schuhschnäbel, Koboldmakis, Matrosen, Konditoren, Igel und Südfrüchte – kurz: eine Kerze, jetzt, von mir, in diesem Augenblick, und die Welt hat ausgesorgt! Unermesslich ist die Kraft der Heiligen, unvergleichlich groß der

Arsch des Herrn, her mit den Kerzen! Jetzt wird die Welt gerettet! Und dazu 6 Richtige mit Zusatzzahl!

Ergriffen eile ich in den Dom.

Die Heiligen warten im Innenhof auf ihre Lieben. Sie frömmeln in kleinen Käfigen, durch Gitterstäbe vor den gierigen Bittstellern geschützt. Im Innenhof schnattern Gänse. Die haben es gut. Gehen jeden Tag im Gärtchen herum, legen sich auf ihren Stockbeinchen mittags zur Ruhe, schauen über ihre wächsernen Schnäbelchen nach dem Rechten, weisen Enten in die Schranken und zwicken Katholikenkinder, mimen den Chef, betrachten überheblich die Erdenwürmer, als hätten sie den dicken Draht zum Herrn und zu allen Heiligen und Engeln und Mächten, als würde ein Quokquok von ihnen genügen, um einen von uns glücklich zu machen oder in den Orkus zu befördern. So watscheln sie durch ihr eigenes Domstückchen, die großen Chefgänse von Santa Rita, bis in den Federkiel gebenedeit und dementsprechend eitel. Ich suche nach Rettich und Czerni. Die Czerni ist bei Santa X zugange, Rettich inbrünstelt auf Santa Y ein.

Die Sommergrippe naht. Mit brummendem Kopf folge ich den beiden durch die Hitze der Stadt. Jeder Pflasterstein stößt in die Nebenhöhlen. »Hier habe ich schon mal gewohnt.« Rettich weist auf Häuser und Plätze in flirrender Luft, atmen ist kaum noch möglich. Katzen legen sich auf Mäuerchen zurecht. Die Geschäfte schließen. Es staubt.

Wir schleppen uns zwischen die hohen Häuserfronten, doch, die alten Häuser sind hier sehr hoch, viel höher als bei uns. »Frau Rettich«, kommt es aus meinem dicker werdenden Hals, »hier sind die alten Häuser so hoch. Die haben ja, warte mal, manchmal sieben Etagen! Hatten die denn nie Krieg?«

»Bürgerkrieg, mein Goldstück.« Frau

Rettich singt eine Hymne. »Caminante, no hay camino, se hace camino al andar. Übersetzen!«

»Kamerad, also Genosse, es gibt keinen Weg, man macht den Weg beim Gehen.«

Jetzt tut sogar Spuckeschlucken weh. Die Nase läuft. »Ich führe euch jetzt in eine wunderschöne kleine Bar in Barceloneta. Das wird dir gefallen, mein Goldstück. Da kostet das Glas Schampus eine Mark. Und einen Schinken gibt's da, einen Schinken!« Salz täte Frau Rettich heute wirklich gut. Sie wirft die Stöckelschuhe schneller und biegt in finstere Gässchen ein. Eiserne Rollgitter überall, schon zu Boden gelassen; nur wir und Staub und weit vorne ein alter Mann. So stelle ich mir eine Bananenrepublik während der Ausgangssperre vor. Die Sonne sticht und der Kopf brummt und summt voller Grippe. Rettich tritt in einen Höhleneingang. In kühler Finsternis lagern Batterien von Flaschen, dicke gebeizte Schinken baumeln hinter dem Tresen, an dem ruhig zwei Männer lehnen. Sofort fühlt sich Rettich zu Hause. Einheimisch räkelt sie sich an die Theke und bestellt mit einem Grunzen, das sie wohl für einheimisch hält, genug für alle; keine Frage, wir sind im Paradies. Im Paradies für Schweinefresser und Alkoholiker wie Rettich und Czerni und mich. Den summenden Kopf lege ich sofort auf dem Tresen ab. Der Rest muss sich von alleine aufrecht halten. Draußen vor der Höhle blenden die Gitter, aber kein warmer Luftzug gelangt herein. Erkaltet stehen meine Füße auf den Fliesen und petzen das auch gleich dem Gehirn: Kalte Füße! Dicker Hals! Weiter so! Mehr davon! Wie wär's mit etwas Fieber dazu? Die Nase wird sorgsam verschlossen, der Geschmackssinn ganz eingestellt. Rettich und Czerni reißen ihre Bocadillos con jamón wie die Tiere und packen mir eines in die Handtasche. Ich lasse es wehrlos geschehen und schäme mich in die Fliesen. Was sollen die Leute denken. Das gut gemeinte, unselige Tun erinnert mich an eine Tante, die zu jeder Geburtstagsfeier mit einer Rolle Klarsichtfolie erschien, um während der Gratulation bereits dicke Brocken Frankfurter Kranz und Schwarzwälderkirsch und Sandkuchen einzupacken, für daheim. Jetzt fühle ich mich nicht nur stark grippal, sondern obendrein wie die eigene Tante. Und das mitten in Barcelona. »Warte, wenn du wieder was schmeckst. Das schmeckt klasse!«, kaut Czerni mir vor. Überhaupt benimmt sich die Gute im Augenblick, als wäre sie in Barceloneta am Tresen geboren. Überraschend lässig lehnt sie neben Rettich. Plaudert auf diese ein. Rettich nickt lässig zurück und bestellt eine neue Runde. Die beiden fühlen sich hier offensichtlich wohl. Mein Schleim sitzt über der Nase wie ein Pfropf und blockiert das Gehirn. Rettich neckt sich mit dem Wirt und Czerni lacht dazu hochstaplerisch wissend. Gleich macht sie, wette ich, das Maul weit auf und redet fließend Katalan.

Ich muss mal. »Frau Rettich, wo ist denn hier das Klo? Du kennst dich doch aus«, wispere ich diskret. Rettich weist für alle ersichtlich auf eine kleine verschmierte Tür und sagt, dass es dort zwar sein müsse, sie, Rettich, habe jedoch in all den Jahren, die sie hier verbracht habe, und das seien nicht wenige, noch nie jemanden hineingehen sehen. »Und noch seltener jemanden raus«, witzelt Frau Czerni überflüssig, bei ihr hopsen wohl schon die Hörnchen im Wipfel und springen von Ast zu Ast. Frau Rettich meint lässig – und das kann sie ja auch, es ist schließlich nicht ihre Blase –, wahrscheinlich sei es unbenutzbar. Ich habe nur noch Augen für die kleine schmutzige Tür. Selbst wenn ich vorher nur halbblasig musste: jetzt muss ich dringend. Das ist ein Naturgesetz, ein Automatismus, wie Frühling und Winter, wie Blühen und Welken. In Reichweite einer sauber verfügbaren Toilette kann ich mich stundenlang aufhalten, und zwar ohne Harndrang. Hängt jedoch ein Schildchen daran: »Defekt« oder »Geschlossen«, ist plötzlich Alarm. Wie jetzt. So schlimm kann doch keine Schüssel sein, denke ich mir. Worum geht es denn schließlich, tröste ich mich. Es geht doch nur darum, zwischen vier Wänden, geschützt vor fremden Augen den Urin abzulassen. Die Schüssel muss noch getöpfert werden, in die man nicht uriniert, um dann lieber, beim Flanieren, die Ramblas rauf und runter, einen großen dunklen Placken auf der Sommerhose zu bekommen. Da würde der Spanier schön staunen. Ich gehe doch zu der Tür. Dahinter ist noch ein Türchen, kein Licht leuchtet dem Bedürftigen. Der weibliche Mensch kann bekanntlich, so seine Blase gefüllt ist, auf jedem Klo der Welt über sich hinauswachsen. Dann vermag er es, mit einem Fuß die klinkenlose Tür zu versperren, mit dem anderen sich hüpfend der geborstenen Schüssel zu nähern. Und hat er, wie ich, eine Zeitung in der Handtasche, ist er errettet aus seiner Not.

Auf dem politischen Teil ist gut balancierendes Hocken, das Feuilleton wischt harsch, doch gründlich nach und mit den verbleibenden Händen lässt sich sogar eine Handtasche hochhalten über die gelben Pfützen am Boden. Das sieht man in keinem Staatszirkus der Welt, solch unvergleichliches Akrobatenstück, André Heller würde staunen, »Dös bringn mia ganz groß raus, Werteste, dös Geschäfterl, begnadete Körper, begnadete Blasen, seliges Unter-sich-Gehen.« Und dieser Penisneid dabei! Dieser Neid auf den Mann, der da abschlagen kann, wo er geht und vor allem steht, und der es ja auch ungeniert tut: an Laternen, an Bäumen, hinter parkenden Autos, inmitten der Großstadt; in hohem Bogen, wenn's sein muss, in kleine Handwaschbecken; in kleinem, kaum vernehmbaren Strahl in den Aufzugsschacht oder die Aktentasche, einfach an die Wand, unhörbar, aus dem fahrenden Bus, in Kino und Kirche, beim Beten und Arbeiten, zum Amtseid, so ganz nebenbei. Mit wackligen Knien gehe ich zurück. Sieht nicht der Besitzer mitleidig zu mir rüber? Bin ich der erste Gast, dem es gelang? Der erste in seinen langen Berufsjahren, der das Klo nicht mit den Füßen voraus verlassen hat? Der erste tatsächlich erleichterte Gast, ausgepisst und dennoch lebendig? Lässt er mich gleich hochleben? Klopft er mir gleich anerkennend auf die Schulter? Die Hand wird er mir ja nicht mehr geben wollen. Die Gefährtinnen stehen voll im Saft, sie zahlen so fröhlich, die beiden Fregatten, bis unter den Ausguck die Takelage, mit blähenden Segeln dröhnen sie zur Tür. »Volle Kraft voraus!«, ruft MS Rettich, »jetzt führe ich euch zu Picasso!« »Ist das noch weit?«, fragt Beiboot Czerni, mit einem Mal kleinlaut geworden. »Sonst muss ich hier.« Ich, ganz alter Hase und Herrin der Situation, weise Czerni ein und gebe ihr die Restzeitung mit auf den schweren Weg. Viel später taumelt sie in die Sonne, gibt die geschrumpfte Zeitung zurück und beneidet mich noch im Nachhinein um meinen kapitalen Schnupfen. Kurzfristig traumatisiert schleicht sie der aufgekratzten Rettich nach, die, so scheint's, über eine Präsidentenblase verfügt und von sich behauptet, sie könne einhalten, so lange sie nur wolle. Und wenn es sein müsse, und es sei jemand in der Nähe, dann könne sie gar nicht, wenn dieser jemand nicht laut sänge. Andernfalls sei ihr die Blase wie zugeschnürt; schon zu Schulzeiten habe sie dies feststellen müssen, und zu ihren Schulzeiten, da habe man noch kratzige wollene Unterhosen getragen und nicht während der Stunde raus gedurft, das sei vielleicht mit ein Grund für die prächtige Präsidentenblase, die sie noch heute ihr eigen nennen dürfe, es sei denn, es würde laut gesungen.

Vertieft in die anstrengenden Blasengeschichten erreichen wir das Museo Picasso. Mein Schädel ist bereits gespalten, die Seitenläppchen klopfen laut. Die Nase ist dicht.

Der Künstler hat ein schönes Haus mit prächtigen Uniformierten davor, die vorsichtshalber die Gäste französisch anreden, was Frau Rettich einen Stich versetzt. Wir sollen die Taschen öffnen und eine Inhaltsangabe machen. Vom Fieber überheblich, in die Schwebe gehängt, beginne ich aufzuzählen, das hatten wir in der Stunde:

Que hay en el bolso?

En el bolso hay dos bolígrafos (2 Kulis), mil pañuelos (tausend Taschentücher; bei ›vollgerotzt‹ habe ich leider gefehlt) y un bocadillo de jamón, haha! Das war ein Schnitzer. Auf Französisch wird mir bedeutet, ich, nur ich, müsse die Tasche abgeben, vorne an der Garderobe. Das verstehe ich nicht. Rettich und Czerni tragen Schlimmeres bei sich: Lippenstifte, Fußnagelscheren, Tosca-Flakons gar, grauslige Bilder von Pupsis und Bärten! Die beiden gehören verhaftet! Taschenlos, gedemütigt, murmle ich den Aufsehern zu, und zwar in meinem besten Spanisch:

Aber ich gehe doch nicht zum Essen ins Museum. Ich murmle nur, denn Uniformierte jagen mir Angst und Schrecken ein, nein, das ist untertrieben: Sie rauben mir allen Lebenswillen. Sie knipsen mich aus. Vor Augen, die unter Schirmmützen hervorstechen, werde ich zum zitternden Wrack. Das war schon immer so. Besonders bei Reisen in die ehemalige DDR. Selbst der Gedanke an die ständige Vertretung, die Ostverträge, die Magna Charta, die Bill of Rights und was einem sonst noch angesichts verblödeter Staatsgewalt durch den hochroten Kopf schießt, konnte mich nicht beruhigen. Sobald einer qua lege das Recht dazu hat, mir die Tasche zu öffnen, mein Notizbuch aufzuschlagen, meinen großen Onkel anzufressen, meine Tampons durchzunummerieren und was die uniformierten Brüder sonst noch gerne tun, sobald ich einem solchen gegenüberstehe, schwinden mir die Sinne. Deshalb hätte ich auch nie zum Militär gehen können. Beim Bund wäre ich schon in der

Grundausbildung verendet; wie gut, dass nur die Jungs dahin müssen. Allerdings bin ich entschieden gegen ein soziales Pflichtjahr im Gegenzug; schließlich können Männer lebenslänglich im Stehen urinieren, wenigstens für kurze Zeit sollte es sich rentieren, ohne Penis zu sein, außerdem wäre das für den Staat zu bequem, alle Frauen kostenlos in den Sozialdienst zu pressen, und außerdem bin ich zu faul und liebe meine Freiheit und Freizeit viel zu sehr, als dass ich auf solch einen lächerlichen Vorschlag ernsthaft eingehen möchte. Jetzt will mein fiebervernebeltes Hirn zu diesem Picasso und nicht in die hohe Politik. Frau Rettich jedenfalls hat zu dem preußischen Verhalten ihrer Spanier nur wenig Verteidigendes anzuführen:

»Hier muss mal was passiert sein. Die machen das nicht ohne Grund!« Czerni und ich sehen uns an, Frau Rettich würde in ihrem Patriotismus auch noch die Inquisition verteidigen, sofern sie vom Spanier durchgeführt. »Hexe Rettich, habt

Ihr noch etwas zu gestehen, bevor wir Euren schönen Leib den Flammen überantworten?« »Sí, Sí, Señores! Ich kann's ja verstehen! Da ist sicher mal was vorgefallen, dass ihr jetzt so handelt. Sie, hochwerte Señores, stehen ja auch nicht zu Ihrem Vergnügen hier um meinen Scheiterhaufen herum, Sie hätten bestimmt alle was Besseres zu tun, weil der Spanier ist effektiv! Von Haus aus! Wenn ich mir nur Ihre handlichen Küchengeräte betrachte: Das gibt's in Deutschland nicht! Diese hinter Kargheit der Mittel verborgene Effizienz! Ja, zum Beispiel das Feuerzeug, das Sie, hochverehrter Vorsitzender, gerade an meinen Scheiterhaufen führen! Ein herrliches, weil so praktisches Stück! Brieföffner, Feuerzeug, Waschmaschine und Rheumadecke in einem! Da kommt ein Deutscher nicht drauf! Das kann nur der Spanier erfinden, weil, der Spanier hat nämlich kleine Wohnungen! Mit Raumnot! Aber, aber ... meine Herren, hier riecht das so komisch, warum brennen denn meine Füße? Na so was, also das habe ich auf noch keiner Reise erlebt! Noch nicht mal in Frankreich. Aber, estimados Señores, ich bin mir ganz sicher, dass Sie richtig handeln, weil, Sie sind schließlich Spanier, gell?«

Andachtsvoll umschleichen die Gäste Picasso. Kopfschüttelnd stehen sie vor dem Frühwerk, kopfschüttelnd vor dem Alterswerk; und ich kopfschüttelnd immer mittendrin.

Ich verstehe nämlich gar nichts von Malerei. Ich kann nur sagen: Dies gefällt mir, dies rührt mich, das erschreckt mich, hier bin ich beeindruckt und da guter Laune; es gibt Bilder, die lassen mich Verlogenheit wittern, als wären sie mit gespaltenem Pinsel gemalt. Und es gibt Bilder, die mich wie ein Blitz treffen und in meiner Seele donnern, aber niemals könnte ich schlüssig beschreiben, was warum geschieht, wenn ein Bild und ich aufeinandertreffen.

Ich erkläre mir das etwa so: Bevor man ein Buch liest, muss man das Lesen erlernt haben. Für jede noch so kleine Milchmädchenrechnung ist die Kenntnis der Zahlen Voraussetzung; Bilder aber kann jeder betrachten, auch der härteste Klotz ohne Gehör wird zum Konzertsaal vorgelassen, und dann stehen und sitzen sie vor Tönen und Farben und Strichen, die etwas anders angeordnet sind als die Töne und Farben und Striche zu Haus, und was kommt dabei raus? »Das kann mein Enkel auch, und der ist erst fünfzig.«

Ich will nichts dagegen sagen, dass man in unserer Kultur leichter in einen Schubertabend gerät als an den Führerschein. Nur sollte man – in so eine Sache hineingeschlittert – den inneren Oberstudienrat überwinden und nicht sofort röhren, wie der Hirsch überm Sofa daheim.

Und ich reihe mich ein in die Betrachterschar und fühle so dies und das, was übrigens niemanden etwas angeht.

Frau Rettich und Frau Czerni verzichten ebenfalls auf eine Museumsnachsorge. Wir pflegen uns. Die Grippe wird aus der Nase geholt, die Füße stehen in kleinen Wassereimern, die Oberkörper liegen auf dem Verandageländer, bis der Magen zu Tisch ruft und Frau Czerni Häppchen richtet.

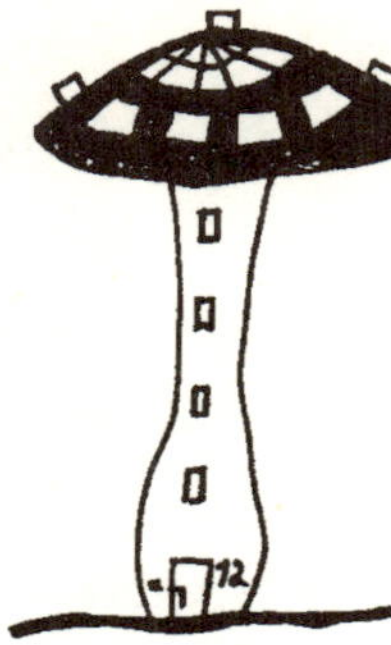

Manchmal ist Frau Rettich schon morgens so erschöpft, dass sie nicht aufstehen will.

»Plunzen!«, röhrt sie mit tiefgesoffener Stimme, wann immer ich die Türe zu ihrer Kammer öffne. Zerknittert liegt sie im Halbdunkel. Ein hochmodisches Morgenmäntelchen aus Chintz wartet geduldig und changierend auf die Trägerin, die ihre roten Krallen wie im Schmerz fest in das Kopfkissen rammt. Darüber schwebt ein Hauch von – nein, meine Nase kann sich auch irren, aber es riecht nach Tosca. Ich sollte einen Hals-Nasen-Ohren-Spezialisten aufsuchen. Guter Mann, werde ich sagen, für mich riechen alle Frauen nach Tosca. Und was wird er antworten? Er wird sagen: Gnä' Frau, im Prinzip tun sie das ja auch. Machen Sie sich also keine Sorgen; ich verschreibe Ihnen eine Anstaltspackung Chanel. Damit reiben Sie Ihre Freundinnen ein. Privat oder Kasse? Ich muss wahrheitsgemäß antworten: Kasse. Nun, sagt der Spezialist, in diesem Fall tut es auch eine Ampulle Cliff für Männer.

Derart in kluge Gedanken versunken gehe ich auf und ab. Ein herrlicher Morgen. Die Czerni dreht auch noch den Hintern im Laken. Dafür bin ich nicht zweitausend Kilometer gefahren, mitten im schönen aufgewühlten Barcelona sägen die Damen, und ich soll mich selbst beschäftigen.

Der Spanier hat auch ein Vormittagsprogramm im Fernseher. Außerdem lehrt das die Landessprache ungemein. Zumal, wenn dialogschwache, überdeutliche amerikanische Serien gegeben werden.

Im fernen Dallas, aha, da sprechen sie ein flott synchronisiertes Spanisch; der Rest ist schnell erahnt und zusammengereimt. Schöne Frauen mit großen Gemütsproblemen werfen Juwelen an die Wand. Das kann ich nicht übersetzen. Das kann ich nicht verstehen. Man wirft doch nicht einfach echte Juwelen an die Wand, egal, wie groß der Leidensdruck auch ist. Welch ein verabscheuungswürdiges, unbeherrschtes und verwöhntes Verhalten. Ein armer Mensch, sagen wir, ein arbeitssuchender obdachloser Sozialhilfeempfänger jüdischen Glaubens und schwarzer Hautfarbe – der würde nie, nie, nie Juwelen an die Wand werfen, und warum nicht? Weil er gut erzogen ist. Und nicht so verzärtelt wie die Frau im Fernsehen, die jetzt auch noch große Reden dazu führt.

»Schau hin, Czerni!«, rufe ich dem Häuflein Hintern und Laken zu, »wie die kleine texanische Nutte fließend Spanisch spricht! Dann werden wir beide das auch noch lernen!«

Der Mann redet rasch von negocios, unterschreibt einen Scheck und lacht böse in die Erkennungsmelodie.

Die schmeißen das Geld zum Fenster raus, wie Rettich im Urlaub. Allein die Drinks in diesem kleinen klimatisierten Barbecue-Restaurant, die haben sicher ein Vermögen gekostet! Diese Blumen! Diese Dekoration! Diese Dekolletés! Was das alles kostet! Dafür könnte man sicher – mal sehen, was das macht: Vierzehn Tage Strand von Sitges in der Präsidentenliege plus Dosenbier und frei rülpsen;

wahlweise 4 Paar Schuhe für Czerni;

wahlweise 1 Shawl für Rettich oder – ist auch egal, ich will's ja nicht ausgeben. Ich reise doch nicht, um zu verarmen. Ich reise doch wegen der Bereicherung. Ich will im Prinzip auch nicht so reich werden wie die texanische Nutte, wozu auch, wenn dann die Gemütsprobleme kommen und ich die schönen Juwelen an die Wand werfen muss. Außerdem ist der

Unterschied zwischen drei und vier Milliarden nicht mehr zu spüren. Tröste ich mich. Mehr als eine Magenfüllung geht in keinen Menschen rein. Mein Hals bietet auch nur Platz für circa höchstens 10 Perlenketten; mehr wäre schon beinahe ordinär. Auch benötigt der Mensch nur eine Armbanduhr. Was soll ich mit 15 Armbanduhren, wenn der Tag doch nur 24 Stunden hat; meine Lebenszeit verlängert sich nicht, mir schlägt dereinst gnadenlos die Stunde, und dann ist es auch schon egal, ob sie mich sanft quarzend von Rolex ereilt, oder mir aus dem Tschibowecker bimmelt. Der letzte Nerz hat keine Taschen. Übertriebener Reichtum ist herzlich sinnlos, es sei denn, er wird fachmännisch angewendet und dient der Erleichterung und Versüßung des Daseins, philosophiere ich mich in eine Sackgasse und schalte um.

Kinder hocken auf dem Fußboden und schauen gebannt auf die kleine Bühne. Der

Vorhang öffnet sich, die Lamellen gehen hoch, die Kinder kreischen: »Don Basilio!«

Don Basilio, ein mürrischer Mann mit quastenbesetztem Fez auf dem grimmigen Kopf, schlägt um sich, ins Publikum. Die Kinder pfeifen ihn aus. Ja, das ist meine Welt! Hier wird nicht lange mit Diamanten geworfen, hier verläuft das Leben in stimmiger Bahn: Rauskommen und sofort ausgepfiffen werden! Aixo es vida!

»Das macht er jeden Morgen. Jeden Morgen drangsaliert er eine andere Schulklasse. Weil, der Spanier hat nämlich ein sehr gutes Kinderprogramm«, ruft Rettich aus ihrer Kammer. Wie konnte sie hören, was geschieht? Ich habe den Ton doch runtergedreht, damit die Damen nicht gestört werden. Oder habe auch ich, als der böse Alte auftrat, erschrocken und abfällig »Don Basilio!« gerufen? Gehöre ich endlich dazu?

Don Basilio hasst Kinder, die Kinder hassen ihn; sie führen ihm kleine Geschichtchen und Tänze vor, überreichen ihm selbstgebastelte Geschenke, er bedankt sich mit groben Klapsen und Rüffeln. Buhrufe von den Kindern, mürrisches Gestikulieren von Don Basilio; den ärgsten Kinderhasser des Senders haben die auf die Bühne gestellt, und jetzt muss jedes spanische Schulkind mindestens einmal im Leben von ihm eins mit der Klatsche bekommen und ihn ausgepfiffen haben.

Die Klassensprecher bringen große Stoffschlangen zu Don Basilio und grinsen ihm frech ins Gesicht. Don Basilio nimmt die Schlangen, dreht sie kurz in den Händen und zieht sie dem nächststehenden Kind über den Schädel. Schreien und Pfeifen. Basilio schlägt das Publikum. Die Kinder werden von der schönen Moderatorin behutsam vom Don entfernt und tanzen Sardana, ernsthaft und ruhig, wie die Erwachsenen auf der Promenade.

Basilio betrachtet vergrämt von seinem Studio-Korbstuhl aus das fröhliche Treiben. Zwei Klassensprecher einer anderen Schule bieten ihm große Blumen aus Krepp dar. Der Don beugt sich zu den Kleinen herab, tätschelt noch mit der Linken das Kindsköpfchen – und rumms! saust die Rechte mit den Blumen hernieder. Die Klassen toben.

Basilio sagt kleine Abschiedsbeleidigungen und lässt die Lamellen runter. Die Kinder tanzen.

Herrlich, ein spanisches Schulkind zu sein! Kein Michael Schanze bringt dir schmierig Verständnis entgegen, keine schnaufende Maus langweilt dich in einer Joghurtfabrik, keine Lilo Pulver hetzt den bekloppten Bibo auf dich, assistiert vom verlogenen Samson, der sich zwar tumb stellt, aber unter seinem edlen Fell ein großer Zyniker und Menschenverachter ist! Hier wird noch ehrlich ausgeteilt und sportlich eingesteckt, hier wird noch gebastelt und später bekommt man den Laubsägedreck, völlig zu Recht, um die Ohren; hier darf man noch zeigen, was wirklich in einem steckt, ein Tänzchen, ein Zaubertrick; die Kameraden jubeln dir zu, Don Basilio haut dir eins rein, dann pfeifst du ihn aus, den alten Arsch …

So muss Kindheit sein! So und nicht anders!

Nur so wird aus dem gesunden Kind ein hoffnungsfrohes, beschwingtes Balg und nicht so ein lebensuntüchtiger Kindheitskloß, kein Michael-Schanze-Jammerlappen, der denkt, alle Erwachsenen wären wie Lilo Pulver. Dann gehen sie runter auf ihren Spielplatz und wundern sich wehrlos über den bösen Onkel. Das gesunde spanische Kind auf dem Spielplatz erkennt den Onkel schon von weitem und weiß sofort:

»Aha. Don Basilio. Na warte!«

Und schon ist der spanische Schänder in die Flucht geschlagen, während das deutsche Kind im Gebüsch mit aufgerissenen Augen darauf wartet, dass Bibo endlich kommt. Und dem Onkel den Latz schließt. Dabei ist der Onkel ja Bibo.

Bloß ohne Kostüm. Während der Mittagspause.

Glückliches Spanien, was hätte hier aus mir werden können. Hätte ich hier das helle Licht erblickt, ich wäre schnell und wendig, braun, schön, zufrieden und verstünde jedes Wort.

Rettich und Czerni haben inzwischen ihre Physiognomien gerichtet und trinken Kaffee in kleinen Schlucken.

Rettich: »Heute führe ich euch, ogottogott, gib mir mal meine Tasche, heute zu Gaudí. Ganz kleiner Mann gewesen. Müsst mal sein Bett sehen. Höchstens einsfünfzig. Und dann von einer Straßenbahn überfahren. Klassekirche. Sagrada Familia.

Güellpark.

Lebkuchenhäuschen.

Wie aus Lebkuchen. Sind aber Kacheln. Und Spargelschornsteine.

Wie Pimmel.

Sind aber emailliert. Wir nehmen ein Taxi. Kostet auch nicht mehr.«

»Mehr als was?«, fragt Czerni und winkt gleich wieder ab.

Frau Rettich führt mit staksigen Schritten an. Zwischendurch greift sie sich an den Kopf. Heute ist es wieder brütend in der Stadt. Rettich setzt die Sonnenbrille auf und starrt an den Palmen der Anlage vorbei, in die gleißende Sonne, die spärlich befahrene Straße hinab. Wenn ein Taxi vorbeikommt, durchzuckt sie ein elektrischer Schlag, sie reißt einen Arm hoch und hippelt auf den hohen Absätzen. Selbst in Hitze und Hektik wahrt sie noch Würde und Lässigkeit. Czerni und ich hätten uns schon längst auf die Fahrbahn geworfen und mit beiden Armen gerudert wie ein Leichtmatrose in Seenot. Das dritte Taxi hält, und es wiederholt sich das alte Taxiritual: Rettich steigt mit wohl geordneten Gliedmaßen vorne ein, Czerni und ich wühlen uns, maulwurfsgleich schaufelnd, durch die eine hintere Tür; mehr darf man am spanischen Taxi nicht öffnen, nur die zum Bordstein gewandte Seite. Rettich gibt das Fahrziel an und der Chauffeur unterhält sich mit ihr über die Radiosendung. Ich setze ein polyglottes Gesicht auf und schaue aus dem Fenster, als wäre ich hier zu Hause. Die Angst, irgendwo als Tourist erkennbar zu sein, sitzt tief. Für mich sind Touristen Menschen zweiter Klasse. Sie halten sich auf, wo sie nichts zu suchen haben, sie glotzen und lärmen, werfen Papiertüten in den Wald, sagen, etwas sei schweineteuer oder saumäßig billig hier. Sie kaufen Zinnteller und Hummelfiguren, Plastikkastagnetten und kleine schiefe Türme, sie schauen achtzigjährigen Fischern über die Schulter, die seit siebzig Jahren Netze flicken, und sagen zu ihrem Karlheinz: Sieh mal, Karlheinz, wie geschickt der ist! Nein, Touristen sind unfein und unrein; und ich würde um nichts in der Welt freiwillig Tourist sein, oder mit einem tauschen, wollte ich nicht manchmal doch ein fremdes Land aus der Nähe sehen.

Und wenn ich mein polyglottes Gesicht lange genug gewahrt habe, dann fragt mich regelmäßig Czerni etwas in plattestem Deutsch. Ich vermute, sie weiß um meine Schamhaftigkeit und tut das mit Absicht. In Anwesenheit des Taxifahrers sticht sie den Zeigefinger in eine Gruppe von Schulkindern und sagt: »Guck mal, die tragen alle Uniform. Wie süß!«

Frau Rettich zahlt, dreht sich zu uns um und lässt sich noch vor Ort die Anteile begleichen. Das berührt mich kaum; was Frau Rettich macht, kann so unspanisch nicht sein. Auch trägt Rettich die gleiche Touristenphobie wie ich in ihrem Herzen. Stundenlang kann sie sich ereifern, nicht nur über Franzosen. Auch der Niederländer findet bei ihr kaum Gnade, der Amerikaner nicht und nicht der Engländer. Ihr Wissen bezieht sie aus eigenem Hörensagen sowie von den Kellnern in Sitges. Die kennen sie nun schon seit beinahe zehn Jahren und vertrauen ihr dies und das nach Dienstschluss an.

»Also: Eine amerikanische Familie. Gehobener Mittelstand, Akademikereinschlag. Sie eine emanzipierte Plunze, die gerne Skandal macht. Er etwas ruhiger. Zwei Kinder, die hilflos den Tischmanieren gegenüberstehen. Kinder und Mann wählen Fleisch und Patatas fritas. Sie auch, und dazu einen Vorspeisensalat. Sie stochert und stochert in ihrer Vorspeise und beschwert sich beim Mann, dass nicht gleich das gesamte Menü aufgetragen wird. Nun bringt aber der zivilisierte Kellner erst dann den Hauptgang, wenn das Horsd'œuvre ... – wir verstehen uns. Die Kellner stehen im Eingang und warten darauf, dass sie fertiggestochert hat. Und schließlich bekommen sie Mitleid mit den Kindern und tragen den Hauptgang auf. Da steht die Frau auf und ruft, das hätte ihr alles zu lange gedauert, es sei eine Unverschämtheit, schon wegen der hungrigen Kinder, sie wolle den Hauptgang nicht mehr, auf jeden Fall nicht in diesem lahmen Lokal. Der Geschäftsführer eilt herbei, die Kellner erklären ihm kurz die Lage, die Gesichter aller spanischen Beteiligten haben vor Peinlichkeit bereits einen leichten Stich ins Gelbe, der Mann hat auch schon verlegen den Hintern vom Stuhl gehoben, die Kinder greifen mit beiden Händen in die Patatas fritas, die Frau greift nach ihrem Portemonnaie, da stellt sich der Geschäftsführer vor seine Kellner, wirft sich mit aller Wucht in Pose und sagt zu der Plunze: ›Sie waren Gäste des Hauses.‹ Betonung auf ›waren‹. Und weist mit eindeutiger, aber höflicher Geste zur Tür.

Und was lehrt uns das?«, fragt Frau Rettich kämpferisch in die kleine Runde. »Nun, alles über den Ami und alles über den Spanier!«

»Mag sein«, gibt die moderate Czerni sozialdemokratisch zu, »in diesem Fall vielleicht. Aber findest du nicht, dass du den Spanier und insbesondere den Kellner zu sehr verherrlichst?« Und ebenso sozialdemokratisch schwächt sie, auf Rettichs vernichtenden Blick hin, ab: »Ich mein' ja nur.«

Es führt kein Weg dran vorbei: Frau Rettich muss Spanierin ehrenhalber werden, wg. glühendem Patriotismus. Vielleicht kriegen Czerni und ich in ihrem Kielwasser auch etwas davon ab; ein kleines Chalet an der Costa dorada, ein kleines Piso in Barcelona. Jeden Tag ginge ich in den Parc Güell.

Frau Rettich hat nicht übertrieben, und Gaudí hatte vollkommen Recht: So sollten Menschen leben. In bunten glatten Pfefferkuchenhäuschen. Aus geschwungenen Fenstern sollten sie schauen, durch Fensterrahmen, die aussehen wie in dicken Teig gedrückt.

Unter Stelzen hindurch führt ein Weg auf Stelzen, oben ist unten und Blätter sind Holz. Die Welt ist angedreht und umgestülpt, wie in einem schönen Albtraum. Frau Rettich führt uns auf Serpentinen zum Ausguck, einem hohen Stein mit schneckig eingemeißelten Stufen. Da liegt Barcelona, in Hintergrundmilch der Hafen, dunstweiß das offene Meer.

Die Ramblas schnüren sich geradewegs durch die Stadt, und spitzig porös ragt Sagrada Familia. Hinter uns, in den Hügelrand gebaut, stapelt sich ein Stadtteil: mit seinen Neubauten und Markisen, in der verhaltenen Sonne, sieht es gar nicht mehr spanisch aus, sondern wie abends von der Arbeit kommen und den Vorgarten gießen, wie kleine kompakte Familie mit Auto, wie Schrankwand im Süden – wie Bergen-Enkheim halt. Dahin wollen wir nicht schauen. Nach vorne, zu den Ramblas, zu Cristobal Colón und nach vorne zum Meer, á por el mar! Nicht á por Bergen-Enkheim, Gonzenheim oder Bad Vilbel! Die Stadtbauämter sollten verstärkt Lebkuchen verbauen und Spargelspitzen, sie sollten mehr Fensterrahmen in Teig drücken und immer daran denken:

Das Auge wohnt mit! Warum nicht zum Beispiel ein Haus bauen wie einen Fliegenpilz? Der hat auch ein Dach, und drei bis vier Stockwerke passen in seinen weißen Fuß! Warum nicht auch mal eine Kaffeekanne bauen, eine große weiße; die Tülle ist ein guter Schornstein. Warum werden beispielsweise nie Marienkäfer gebaut oder Tomaten – der Mensch tät sich freuen, viel Lebensfreude muss den Mieter erfüllen, der einen Fliegenpilz bewohnt! Und die Kinder wären aus dem Schneider! So oft irren sie weinend durch dunkle Straßen und finden den richtigen Bunker nicht mehr. Das hätte ein Ende:

»Ich, ich habe mich verlaufen. Was mach ich nur? Vielleicht sind meine Eltern schon weggezogen, bis ich zurück bin! Buhuhu!«

Kein Problem in einer von mir konzipierten Stadt: »Das haben wir gleich. Wie sieht es denn aus, dein Haus?«

»Wie ein Frosch.«

»Na, das ist ja gleich um die Ecke! Da!«

Aus solch getrösteten Kindern würden später prachtvolle Erwachsene, hilfreich und gut. Es könnte viel einfacher und angenehmer zugehen im verkorksten urbanen Leben.

Frau Rettich führt uns zu einem Erfrischungsstand, der aus dem Berg heraus bedient, Frau Rettich wählt salzige Anchoas und versinkt beim Essen in Trance. Czerni und ich schauen auch gemächlich in uns hinein. Ein Grüppchen taumelt auf uns zu, ein Grüppchen in strahlend weißen Blüschen. Japanische Damen in großer Zahl ziehen vorüber. Da tritt plötzlich eine aus dem Glied und rennt auf die Czerni zu. Will sie eine Auskunft? Etwas erfragen? Geld pumpen? Gleich zuschlagen? Die Czerni guckt höflich interessiert, nicht so die Frau aus dem Fernen Osten. Sie stellt sich hinter der Czerni auf. Guckt sie gar nicht an. Grinst dazu breit und ruft in die Gruppe. Die Czerni dreht sich wie ein Kreisel auf ihrem Stuhl; im Mienenspiel der Fremden will sie ablesen, was gerade mit ihr geschieht. Stocksteif grinst die Frau über sie hinweg und ruft noch lauter Befehle zur Gruppe, aus der sich ein weiteres blitzweißes Blüschen löst und mit dem Fotoapparat genau auf Czerni und die grinsende Frau dahinter hält, die nach dem zweiten Klicken sofort und grußlos zur Gruppe zurückeilt. Die Czerni sitzt gedemütigt. Das also war es! Nun wird sie im fernen Osaka entwickelt und abgezogen und in ein Album geklebt! Unsere Czerni! Darunter wird auf Japanisch zu lesen sein: Typische Spanierin und ich. Beziehungsweise: Ich und typische Spanierin.

Frau Rettich geht aus ihrer vorherigen Trance übergangslos in Gezeter über: »Die sind ja noch schlimmer als Franzosen! Die halten alles, was keine Schlitze hat, für Untermenschen! So, genau so, hätte die Japsenplunze sich auch mit irgendeinem Orang-Utan knipsen lassen! Das sollte man mal in Japan machen! Da hätte man gleich ein Schwert in den Rippen und einen Prozess am Hals. Wegen Gesichtsdiebstahl! Unmöglich! Zynisch und menschenverachtend! Unmöglich! Und Czerni als waschechte Spanierin! Dass ich nicht lache!«

Die Czerni ist immer noch kreidebleich. Das ist ihr in Fulda noch nie passiert. Wie ein Prämienmarktochse! Als Spanierin missbraucht! Ohne als Individuum zu gelten! Fotografiert wie eine Riesensalami! Also quasi von hinten erschossen! Czerni schaut so waidwund, als hätte sie eben vor uns in die Hose gemacht. Und schüttelt den Kopf.

Frau Rettich und ich wissen sie zu trösten: »Denk doch mal an: Die Geigen in Yokohama starren dich an und sagen: Ah, eine Spanierin!«

»Die tun sich damit dicke in ihrer Suzukikantine, und dabei sehen sie ein echtes hessisches Mädchen!«

»Im Grunde haben wir die reingelegt.«

»Genau! Denen haben wir ein Schnippchen geschlagen. Denen haben wir ein

Schnippchen mitten ins Fotoalbum geschlagen!«

»Haben die da überhaupt noch so was Altmodisches wie Fotoalben? Sind die nicht stärker technisiert?«

»Klar sind die das! Aber trotzdem können die keine Spanierin von einer Czerni unterscheiden! Das Gerät gibt's noch nicht!«

»Marktlücke!«

»Der Czernidetektor!«

»Nur für Japaner!«

Czerni bekommt wieder Farbe. Und stimmt, ganz gegen ihre Sozialdemokratie, in unseren rassistischen Chor mit ein.

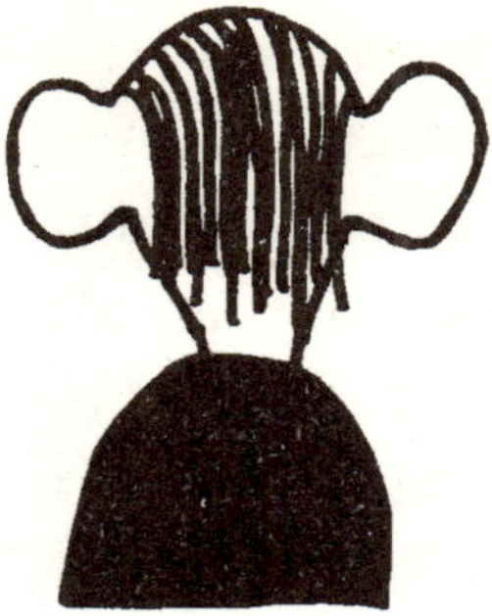

Meine Damen!«, ruft Frau Rettich. »Da es nun mal regnet, sehen wir uns inzwischen die Boutiquen von innen an. Ihr habt es beide nötig, und Goldstück bringe ich bei einem sehr guten Friseur vorbei.«

Einen Stich verspüre ich im Portemonnaie, Angstschweiß tritt aus. Ein von Frau Rettich empfohlener Friseur dürfte heillos teuer werden. Außerdem muss man den Ausübenden des Friseurhandwerkes erklären, wie man sich die zukünftige Frisur vorstellt, und während sie flink Treppchen schneiden und in die Ohren zwicken, muss man Rede und Antwort stehen zu aktuellen Fragen des Alltags; diesen Biathlon vermag ich kaum in meiner Muttersprache zu meistern. In Deutschland suche ich nur kleine, billige Salons auf. Die Fenster dürfen auf keinen Fall unverhüllt auf eine belebte Straße weisen, denn nach der letzten Spülung werden die Haare straff nach hinten gekämmt und meine abstehenden Ohren treten zu Tage und leuchten vor Schreck wie zwei kleine Ampeln; wir schämen uns allein und zu dritt schon um die Wette, aber wenn in dieser entwürdigenden Situation auch noch müßige Flaneure an uns vorüberziehen und freien Blick auf uns geschamiges Trio haben – ich glaube, dann fallen sie ab, die Ohren. Was die Erläuterung von Friseurwünschen angeht, so verfolgt größtes Pech meine Bemühungen. Die Friseuse schlägt dicke Bücher auf, aber kaum eines der Modelle darin trägt derartige Ohren, nicht eines annähernd mein Gesicht. Darum betrete ich Frisiersalons inzwischen so gottergeben und phlegmatisch wie einer, der mit allem abgeschlossen hat. Im Prinzip könnte ich vorher einen Notar aufsuchen.

Hat sich die Friseuse für etwas entschieden, muss ich mich schon wieder schämen. Diese lächerlichen Frisiermäntelchen! Und wie man durch den Raum gerollt wird! Dieser Zivildienst am Kunden! Es ist wie auf einer Pflegestation, nur ohne Bettpfannen. Jede Friseuse muss etwas über meine Ohren sagen, als wenn ich das selber nicht am besten wüsste, aber sie kleiden es kundenfreundlich in schonende Worte, sie treten hinter mich, schauen mit mir gemeinsam in den Spiegel, benesteln und betatschen die Ohrmuscheln und sagen: »Und hier geben wir besser etwas zu.«

Das nenne ich neunmalklug.

Und immer, immer, immer verlasse ich den Salon genau so, wie ich keinem Feind wünsche, je einen Salon verlassen zu müssen: Mal ist es ein Pagenkopf geworden, mal etwas schickes kryptofaschistisch Ausrasiertes, mal ummänteln mich gusseisern Locken, mal sehe ich aus wie meine Schwester, mal aufgebauscht, mal plattgedrückt, und immer stinkend wie ein Drogerie-Biber; einmal hatte ich sogar das ungute Gefühl, den Kopf von Rita Süßmuth aus dem Salon zu tragen. Zu Hause musste ich mit Drahtbürste nachbessern, von schwerem Schluchzen gebeutelt und die Friseusen der Welt verfluchend bis ins letzte Glied.

Unter dem einzigen Regenschirm wippt Frau Rettich den Taxen entgegen. Die Fahrt endet in bester Einkaufslage. »Frau Rettich, du bleibst aber dabei, während ich frisiert werde, gell?«

»Na klar, Goldstück«, lügt Rettich mir ins Gesicht. »Verlass dich nur auf mich.« Im hellen, weiträumigen Frisierstudio mit großem Fenster zum belebten Boulevard lässt mich Rettich gefangen nehmen und in ein Frisiermäntelchen werfen, bei Kaffee und Illustrierten. Und macht sich aus dem Staube. Ich beginne ungelenk zu beten und finde zu Gott. Jesus liebt auch mich. Er muss. Er lässt nicht zu, dass man mich mit flittrigem, verschachteltem Bumskopf und anplissierter Stretchwelle aus dem Laden schickt. Dafür ist er nicht gestorben, der Mann aus Nazareth; nicht dafür, dass man mich im fremden Land zusammenonduliert und auf die Straße wirft!

Die Friseuse schlägt dicke Bücher auf, aber auch das spanische Kopfmodell trägt in diesem Sommer kaum Ohr.

Mit kurzen, kantigen Bewegungen und wenig Worten deute ich eine Frisur szenisch an. Die beherzte, robuste Kollegin setzt zur letzten Spülung an, kämmt die nassen Haare straff nach hinten und schiebt mich vor das Boulevardfenster. Dann tritt sie hinter mich, schaut mit mir gemeinsam in den Spiegel, benestelt und betatscht die Ohrmuscheln und spricht: »Y allí tenemos que …« Für den Rest braucht's keinen diccionario. Überall ist Friseuse. Friseuse ist überall. Esperanto. Verstehe. Segelear international. Fasten seat belts. Man spricht Ohr. Hannemann, geh du voran. Ohr Haupt voll Blut und Wunden. Ohr du schöner Westerwald. Herr, lass Abend werden.

»Klasse«, sagt Czerni.

»Sehr schön, Goldstück. Das war eine gute Entscheidung.«

Welche Entscheidung.

Man hat mich überfallen.

Ich will sofort Eduard Zimmermann sprechen.

»Wie sehe ich aus? Wie Felipe Gonzáles?«

»Besser, Schätzchen, viel besser. Jetzt noch ein schönes Kostüm, und du bist nicht wiederzuerkennen.«

»Das will ich auch hoffen.«

Frau Rettich führt uns in den Corte Inglés, um sich erst mal die nötigen Strümpfe zu kaufen. Aus der Damenabteilung leuchten Schnäppchenschilder.

Das ist etwas für die Czerni und mich. Im Kaufhaus wird man nicht angesprochen und die Preise sind zivil, also das Optimum für den geizigen Auslandsautisten. Czerni will sich sofort in ein Großgeblümtes pressen. Mir fällt ein kleines Schwarzes auf. Und ohne die Konfektionen umzurechnen, verschwinde ich mit Größe 40 in der Kabine.

Der Spanier an sich ist etwas kleiner. Wenn er beispielsweise 38 draufschreibt, passt 34 rein. Dies klarzustellen hat Frau Rettich verabsäumt. Presiento que tras la noche schaffe ich mühelos. Aber nicht Kleidergröße 36.

Das Schwarze geht spielend über die neue Frisur, auch über die Ohren. Ein Arm steht in die Luft hinein, der andere zupft am Saum. Es knackt. Das war nichts. Das zieh' mal lieber aus. Der linke Arm wedelt hoch aus dem Dekolleté. Der andere wird vom Saum angelegt. Es gibt kein Zurück.

Es gibt auch kein Vor.

Säulenheilige sollen angeblich jahrelang in solch Positionen verharren können. Und Menschen, die sich auf offener Bühne erst solch kleines Schwarzes von der hübschen Assistentin oder einem Gast aus dem Publikum anlegen lassen und fünf Minuten später lächelnd aussteigen, bekommen einen Tusch und sehr viel Geld dafür.

Wo bleibt Frau Rettich? Wo die Czerni? Die beiden Frauen, die ich mehr liebe als mein Konto. Wo sind sie? Sie sind nicht da. Sie haben mich schon beim Friseur verlassen. Und jetzt erst recht. Ich werde sie nie wieder sehen. Tränen quillen. Frau Rettich, Frau Rettich, warum musst du mich ständig verlassen?

Vor der Gardine wird Spanisch gesprochen. Bald werden die Verkäuferinnen ihren Familien Interessantes und Erschütterndes zu berichten haben: »Da war eine fette Deutsche, die musste unbedingt ein kleines Schwarzes Größe 40! Man bedenke: 40! Ich wiederhole: 40! anprobieren. Dann geht's auf Ladenschluss zu. Montse und ich machen Kassenübergabe, da hören wir so ein Wimmern aus einer Umkleidekabine. Wir hin. Den Vorhang aufgezogen. Steht da ein Wesen, hat schwarzen Stoff über Kopf und Schultern, hält einen blau angelaufenen Arm nach oben, der andere hängt rot und geschwollen runter …« (die Kinder machen jetzt »Hu! Hu!« und der Mann sagt: »Na so was. In eurer Haut hätte ich nicht stecken wollen«, und die Verkäuferin fährt geschmeichelt fort.) »Montse drückt sofort den Alarmknopf und die ganze Mannschaft rückt an. Da stehn wir alle und das Wesen wimmert noch lauter und schrecklicher.« (»Huhuhu!« seitens der Kinder.) »Der Feuerwehrchef zieht eine riesige Schere, mit der man auch Fahrstühle öffnen kann, und schneidet vorsichtig den Stoff entzwei. Das Wesen ist kaum befreit – und sssssst!!! rennt es mit seinen

Sachen davon, reißt mit den Ohren noch einen Stapel Pullover vom Regal und weg ist es.«

»Huhuhuhuhuhu!«, sagen die Kinder und »So sind sie, die Deutschen« der Mann.

Der Vorhang wird aufgerissen:

»Das kannst du nicht nehmen, Goldstück. Probier dieses mal an.«

Und Frau Rettich, die schönste Frau der Welt, meine beste Freundin übrigens, eine ausgezeichnete Autofahrerin und bedeutende Spanienkennerin, schraubt mich aus dem Schwarzen und in ein Gepunktetes, klatscht mir auf den Hintern, dreht mich vor dem Spiegel und stellt mich in der Kassenschlange an, hinter eine frisch geblümte, kniefreie Czerni.

»Meine Damen, ich springe mal eben hier rein, es müsste mit dem Teufel zugehen, wenn mir dieses Rote da nicht die schönsten Männer bescheren würde«, sagt Frau

Rettich auf der Straße und entschwindet in eine kleine Boutique. Czerni entsinnt sich des Bartes daheim. »Und ich muss sofort telefonieren; es müsste mit dem Teufel zugehen, wenn er auch heute nicht abnimmt.«

Frau Rettich verlässt bepackt die Boutique. Ich lungere vor dem Telefónica-Building und hoffe, dass mich niemand anspricht.

»Wo ist Czerni?«

Mein Daumen zeigt über die Schulter. »Da drin. Sie ruft den Bart an.«

»Schon wieder! Das muss Liebe sein.«

»Das ist keine Liebe, das ist Abhängigkeit. Und was das kostet. Bei ihm klingelt's dreimal und Czerni ist tausend Peseten los. Außerdem erreicht sie ihn ja doch nie. Der ist nie daheim, wenn sie anruft. Als gäb's eine Zeitverschiebung. Und weil es keine gibt, macht sie sich große Sorgen.«

Verärgert tritt Czerni aus dem Telefónica-Building. Kläglich schiebt sie die Sonnenbrille zurecht, traurig tropfen die letzten Peseten ins abgegriffene Börslein. Ein Bild des Jammers. Unfroh steht sie im freundlichen Sonnenschein. Im fernen Heimatland hebt niemand ab. Die Peseten sind vergeudet. Und Czerni schüttelt die Faust bis zur Vorstandsetage von Telefónica: »Ich versuch's noch mal.«

Verzweifelt stopft Czerni Münzen in den Apparat. Rettich und ich stehen vor der Zelle. Wir spielen Czerni und Bart:

Rettich (schrill): »Bart! Bist du es, Bart?«

Ich (mit tiefer Stimme): »Jawohl, Schatz, ich bin es, Dein Bart.«

Rettich (schriller): »Wo bist du denn gewesen! Ich versuch schon seit Stunden, dich zu erreichen! Wie heißt sie, die andere, Schuft!«

Ich (tiefer und dunkler): »Aber Schatz. Ich bitte dich. Ich war beim Barbier. Mein Bart hat sich gelockert. Da musste ich den

Fachmann aufsuchen. Ohne Bart kann ich doch nicht aus dem Haus.«

Rettich (schmeichelnd schrill): »Liebling! Ob mit oder ohne Bart, das ist mir doch gleich!«

Frau Czerni, schweißüberströmt und pleite:

»Worüber lacht ihr?«

Rettich (kichernd): »Über einen Witz.«

Czerni: »Will auch hören. Will auch lachen.«

Ich (kichernd): »Ist nicht so interessant, der Witz. Der hat schon sooo einen (Prusten auf Seiten von Rettich und mir) Bart!!«

Wir stemmen die Fäuste in die Flanken, damit wir besser lachen können.

Czerni: »Hahaha. Sehr komisch.«

Ich (japsend): »Ich krieg einen Stich! Ich brauche eine Erfrischung! Los, wir gehen jetzt in eine nette kleine – Bart!« (Ich trommle mit den Fäusten gegen eine Hauswand.)

Rettich (nicht mehr Herrin ihrer Sinne): »Und zwar in eine ... in der man ... Ich bin nämlich blank, wegen dem Kostüm ... wir gehen wohin, ich hab nur noch Schecks, wo man kein – Bartgeld braucht!«

Ich: »Bartgeldlos!«

Wir knicken in den Knien ein und ringen nach Luft. Geschwächt folgen wir der ernst blickenden Czerni. Wir schämen uns ja. Da braucht ein Mensch in Not unsere Hilfe, unseren Beistand, und wir lachen roh über seine Verzweiflung! Und nur, weil der Ursprung des Leides einen lächerlichen Bart trägt. Rettich jault noch mal auf. Da fällt mir etwas ein, ich muss mich an einem Laternenpfahl festhalten.

Rettich: »Sag schon! Hihihi! Sag schon!«

Ich: »Wie hieß, nein, es geht nicht, ich sterbe, wie hieß der berühmte deutsche Politiker, der mit den Ostverträgen, oh Gott, ich kratz ab!«

Rettich (wimmernd): »Brandt?«

Ich: »Nee, der andere! Uaaah! Der Egon!«

Bei Rettich fällt der Groschen: »Egon Bart! Uaaaahh!«

Tränenverwackelt betreten wir eine Tapas-Bart.

Frau Czerni sagt, wir sollen uns nicht bepissen, und bestellt vor Zorn in der Landessprache einen Kaffee, und zwar in der Landessprache von Italien.

Frau Rettich wird stiller und denkt an Pupsi, der ja auch nie zu erreichen ist. Ich will sie aufmuntern und noch einmal zu Lachsalven hochreißen: »Frau Rettich, wo sind wir hier? Na? Wie heißt die Stadt?«

Doch Frau Rettich ist abgelaufen. So sagt sie nur trübe: »Barcelona« und niemand lacht. Außer mir.

Da werde ich auch still und einsam.

Frau Rettich pflegt sich auf dem Sofa. Mit großem Gerät hantiert sie an ihren kleinen Fußnägeln. Czerni und ich schwitzen in der fensterlosen Küche. Dreht sich Czerni, stößt sie mich an, stößt sie mich an, fallen drei Brettchen herunter, fallen drei Brettchen herunter, schreckt Rettich zusammen und schneidet sich in den Zeh. So geht das eine gute Weile.

Czerni hat die Küchenleitung an sich genommen und dirigiert mich Untergebene mit der großen Geste des renommierten Chefkochs. Sie berührt nur die feinen Nahrungsmittel und edlen Gewürze, mit spitzem Finger würzt sie, mit spitzem Maul schmeckt sie ab.

»Die Artischocken nicht so zermanschen!« und

»Ich sagte: Würfeln! Würfeln! Würfeln!« Gebeugt schnitze ich an der Bratenfüllung nach Montalban. Der kleingeratene Spanier mag wohl aufrecht stehen an diesen Arbeitsplättchen. Für eine raumgreifende nordische Küchenhilfe wie mich ist hier kein Platz. Ich rumpele und saue, dass es der Czerni gegen die Kochehre geht. Einmal vermeine ich sie murmeln zu hören, »unter Bocuse seinerzeit« hätte es so was nicht gegeben.

Rettich ruft vom Sofa: »Kommt ihr zurecht, meine Goldstücke?« und feilt an ihrem schönen Fuß, dass die Hornspäne fliegen. Frau Czerni wischt sich mit Küchenkrepp die Achselhöhle aus, seufzt und fasst mir an den Po. Ungerührt schnitze ich weiter und quietsche pflichtschuldig. Czerni schiebt ihre geile Hand auf meinen Beckenknochen. Ich quietsche lauter. Rettich muss ihre Pediküre unterbrechen: »Wenn mir da in der Küche nicht gleich der sexuelle Notstand aufhört!«

Czerni gackert zurück: »Das ist kein sexueller Notstand, in Küchen macht man das so. Küchenmädchen müssen ganz einfach von ihren Herrschaften sexuell bedrängt werden! Guck mal mehr Glotze!«

»Ja, ja«, rufe ich, »ich bin die Ruby, das dumme Personal aus dem Eaton Place, und Czerni macht mir gerade den Lord!«

»Quatsch«, sagt Frau Rettich, »am Eaton Place hat nie einer von der Herrschaft das Personal belästigt.«

»Woher willst du das wissen? Du hast die Sendung immer nur samstags gesehen. Was glaubst du, was die unter der Woche gemacht haben, die feinen Herrschaften, wenn die Kamera nicht mehr lief?«

»Genau! Von den vielen Rennen in Ascot werden die doch alle geil, diese Aristokraten. Also: Erst gehen sie zum Rennen, da werden sie unglaublich geil, wenn die

Pferdeärsche vor ihren Logen wogen, und daraufhin gehen sie heim und sehen nach dem Personal. Das hat in England Tradition. Das ist praktisch ein gesellschaftliches Muss in England; wir haben gottseidank starke Gewerkschaften, die das verhindern.

Nach jedem Rennen fragt dann beispielsweise der Earl von Loch Ness oder so den Lord Knatterton:

›Wie geht's, my dear Knatterton? Sind Sie auch so geil? Aren't you?‹

Und Lord Knatterton antwortet, gemäß dem alten englischen Kodex:

›By gosh, these nice little horses made me such a triebstau, I have to go home and have a look after my personal.‹«

»Genau! Und zwar sagen sie ›triebstau‹, wenn sie Triebstau meinen. Die Engländer haben ja viele Worte direkt aus dem Deutschen übernommen, weil sie nicht selbst drauf gekommen sind. Etwa: ›kindergarten‹. Oder ›reich‹ und ›führer‹.«

»Nicht zu vergessen ›the putzwoche‹. The ›bunter abend‹.«

»Und vor allem anderen: ›the lied‹! The german lied! Andere Länder haben nicht das deutsche Lied im eigentlichen Sinne. Die haben mehr platte Songs, schmierige Canzones, aber das edle Lied mit den tiefen, edlen Gefühlen, das kennen sie nicht; diesen hehren und feinen Ausdruck, der jeden Deutschen weinen lässt; das ist es, was ich meine.

Und hast du zu nächtlichem Schlummer geschlossen die Augen kaum, wird dich mein Bild verfolgen bis in den tiefsten Traum, wird di-hi-hich mein Bild verfolgen, bi-his in

den tiefsten Traum,
bis in den tie-
den tiefsten Traum,
bi-his in
den tie-
den tie-hie-fsten Traum … Mit einem ›mmm‹ am Ende, wie eine Kuppel gewölbt.«

Frau Rettich wird elegisch:

»Vielleicht hat die Mutti ihm gar nicht die Telefonnummer ausgerichtet. Vielleicht hat sie was gegen deutsche Schwiegertöchter.«

»Was heißt Schwiegermutter auf Spanisch?«

»Suegra.«

»Vielleicht will die Suegra lieber was ordentliches Spanisches für Pupsi. Pupsi ist noch so jung. Der hat das ganze Leben zum Ruinieren noch vor sich.«

»Oder er selbst will inzwischen lieber was ordentliches Spanisches, passend zur Landschaft. Und den Gepflogenheiten. Nicht so eine merkwürdige deutsche Krawallschachtel.«

»Ihr redet, wie ihr's versteht. Wenn ihr seine Briefe lesen könntet, das heißt, wenn ich sie euch geben würde, aber so blöd bin ich nicht, dann würdet ihr mir zustimmen. Da stimmt alles. Wir kennen uns schon lange. Er liebt die gleichen Bücher und Filme, er schreibt, was ich gedacht habe, ich schreibe, was er denkt, wir sind füreinander geschaffen. Ich werde wahnsinnig.«

»Zeig doch mal so einen Brief. Warum haben wir die nie im Unterricht übersetzt? Das wäre es doch gewesen: Modernes Spanisch! Vom zeitgenössischen Spanier frisch auf unseren Schreibtisch, da hätte sich sogar Czerni mehr Mühe gegeben. Das ist was anderes als das ewige: En la calle. Busco un hotel. Donde está el Museo Picasso, por favor. Sondern: Dieser Film, película, bringt die edelste Saite in mir zum Klingeln, sonar, die Fledermäuse, murciélagos, umtanzen Laternen, was heißt jetzt Laterne, egal, la luna está llena, der Mond ist knüppeldick voll, wie ich, mein Herz, como yo, mi corazón, darf ich dir, wenn la noche wie ein samtenes Tuch auf uns herniederbrettern tut, dir beiwohnen, fummeln, machen?«

Czerni trägt den Braten auf und ruft übermütig:

»Junger Mann zum Mitvögeln gesucht!

Harharhar! Deckt den Tisch! Aber genauso schön wie der Pupsi die Rettich, harhar!«

Heute ist internationaler Weltzotentag. Vom vielen Schweinigeln fidel geworden, setzen wir uns auf die Veranda. Rettich lässt die Korken knallen: »Aus der kleinen Bar in Barceloneta. Wird alles für Olympia eingeebnet. In Barceloneta hat San Alfredo seinen Videorecorder gekauft, eine windige Geschichte, ohne Garantie und ohne Gebrauchsanleitung, jetzt kriegt er ihn nicht in Gang. Nimm von den Patatas, mein Goldstück.«

Das sittenlose Geschwätz hat Frau Rettich gutgetan. Sie ist wohlgemut und blüht auf. Bloß weil wir Pupsi aus dem feinsinnig versponnenen Briefverkehr hinab in die Niederungen sexueller Schlammschlacht gezogen haben; wer nicht kopuliert, muss wenigstens darüber reden, das hilft.

Rettich strahlt und prostet vom Balkon aus der Welt zu:

»Salud, Justizpalast! Salud, Montjuïc! Huch, diese Seilbahn! Da kriegt ihr mich nicht rein, ich kotze ins Meer, ich schwörs! Salud, salud! Ist das nicht herrlich? Meine Damen!«, ruft Rettich. »Meine Damen! Stoßen wir an! Auf uns! Los, Goldstück, nimm dein Glas! Meine Damen!«

Und willenlos echot es wohlig aus Czerni und mir:

»Meine Damen! Meine Damen!«

»Ah. Mein Barcelona!«, mährt Czerni, die sich ohne Frau Rettichs Hilfe kein Brötchen kaufen könnte, »mein Barcelona!« Das ewige Autogebrummel der Stadt umrauscht die Veranda. Am Montjuïc glühen bunte Lämpchen. Auf dem Justizpalast hocken steinerne Gesellen und glotzen zu uns herüber. Czerni prostet ihnen munter zu.

Rettich verschwindet und erscheint kurz darauf mit einem schicken Jäckchen und der großen Flasche Carlos Tercero. Den

Carlos klemmt sie sich zwischen die Beine und kappt den Verschluss.

»Meine Damen!«

Bedächtig, wie ein Club sehr alter Herren, bewegen wir uns auf die Gläser zu. Die Bauchdecke spannt, der Hosenbund wird erweitert, Füße werden hochgelegt. Verdauung setzt ein.

In das blutleere Hirn halten verschwommene Bilder Einzug. Gedankenwirbel legen sich, es bleibt nur noch der Bodensatz der Erinnerungen, alte Kamellen, böse Geschichten steigen träge wie fauliges Gas nach oben. So ist das mit abgelagertem Leben.

Wenn ringsum alles verstummt und keine Notwendigkeit lärmt, rührt sich das Vorvorgestern. Es bläht und treibt in den alten, immergleichen Perlen zur Oberfläche, dann will es raus, zum zehnten, zum fünfzehnten Mal; wir verschaffen uns Erleichterung mit einem biografischen Rülpser. Bis die nächste Erinnerung gärt.

Bei Rettich, Czerni und mir gärt es. Aber

heute Abend sind es nur die feinen, genehmen Geschichten, die steigen. Zähe und müde Bilder, die lähmen, kommen nicht nach oben. Sollen sie warten, bis zur Rückkehr, zum Ende der freien Zeit. Im heimischen Zimmer können sie uns ereilen, wie einen der Teufel holt. Wenn wir alleine zwischen unseren Stühlen sitzen und keinen Finger mehr rühren. Nach Hause können sie kommen, die gemeinen, wahren Träume, ihr Gift steigen lassen und uns mit reinem Entsetzen aufblasen, bis wir, von der Erinnerung gefesselte Schmerzensballons, durch das Zimmerchen treiben in kleinen Kreisen, um den Tisch, um den Stuhl, um den Tisch, um den Stuhl, zentnerschwer und keinen Fuß auf dem Boden, ächzend vor Vergangenheit und schwarzen Bildern, gedunsen wie ein Stinkekadaver in praller, stechender Sonne, aber heute nicht. Heute nicht.

Heute moussiert das Gedächtnis mild, mit lieblichen Geschichten.

Frau Rettich rülpst als Erste.

Dann vergleichen wir unsere Väter, bis feststeht, dass der meinige Sieger ist, weil er Professor Bienlein so ähnlich sieht. Frau Czerni ruft:

»Muttervergleich!«

und versucht sofort, für die ihrige eine gute Startposition zu ergaunern. Überraschend schiebt sich Mutter Rettich dazwischen, dicht gefolgt von Mutter Goldstück, das Feld liegt eng beisammen, das wird knapp, noch ist das Ergebnis nicht abzusehen, die alte Czerni drängt auf die Innenbahn, dahinter Kopf an Kopf die Mütter Rettich und Goldstück, Mutter Czerni wagt einen Ausbruchsversuch, doch zu früh! Zu früh! Mutter Rettich schließt kraftvoll auf und arbeitet sich an die alte Czerni heran, das wird eng, hat Czerni noch genug Reserven, Mutter Goldstück außer Konkurrenz, Czerni fällt zurück, Mutter Rettich prescht nach vorn auf der Zielgeraden, Rettich dicht an Czerni, Rettich dicht an Czerni, Rettich vor Czerni, Rettich gewinnt!!! Rettich gewinnt mit einer Anekdotenlänge vor Czerni! Rettich reißt die Arme hoch, Czerni reißt sie wieder runter.

»Ja«, seufzt Frau Rettich nach dem Sieges-Carlos, »man sollte das festhalten, von der kleinsten Fledermaus bis zum vollen Mond. Man vergisst so schnell. Morgen seid ihr im Zug und ich in Madrid. Und dann erinnert sich niemand mehr daran, wie lyrisch wir hier beisammen waren.«

»Lyrisch. Du sagst es.«

»Aber wir reimen uns doch gar nicht!«

»Das haben wir gleich.«

»Warte mal.«

»Die Hexe immer oben schwimmt,
Frau Czerni sich gern schlecht benimmt.«

»Hm.«

»Der Scheich, der liebt
sehr viele Frauen,
der Rettich kann man
auch nicht trauen.«

»Hoho, was soll denn das heißen!«

»Und jetzt eins auf mich!«
»Gut: Die Bibel liest der Exorzist,
das Goldstück, das bleibt ungeküsst.«
»Sehr witzig.«
»Ich hab's! Ich hab's! Hört mal, nee, ist das gut, hört mal her:
Frau Czerni denkt bei jedem Kuss
an ihren neuen Uterus! Uaaah, ist der gut!«
»Spitze!«
»Was ihr so lustig findet … nehmt diesen:
Frau Rettich meint, halb durchgesägt,
dass sie die Folter nicht verträgt.
Na, das ist ein Verschen!«
»Alle Achtung.«
»Hörthört!«
»Ich kann noch einen schweinischen:
Das Goldstück gleich die Flucht ergreift,
sobald sich wo ein Glied versteift.«
»Donnerwetter!«
»Der Papst in der Kapelle predigt,
die Hausarbeit bleibt unerledigt.«

»Bravo!«
»Das Meer ist voller Pollution,
auch Fritzchen hatte seine schon!«
»Hervorragend!«
»Die Rettich schenkt viel Sentiment
oft Kerlen, die sie gar nicht kennt.
Und wen sie kennt, kann sie nicht leiden.
Das ließe sich doch wohl vermeiden!«
»Superb!«
»Chaiselongue!«
»Des Zauberlehrlings Besen kehrt,
der Weinbrand in das Goldstück fährt.
Die Stube ist am Ende rein,
beim Goldstück muss das nicht so sein.«
»Famos!«
»Frau Rettich schläft beim Akt gern ein,
ihr Pupsi findet das gemein!«
»Hoho!«
»Starker Tobak!«
»Ein Lied, drei, vier!«
»Hohe Tannen?«

»Hohe Tannen. Zweistimmig. Wie immer.«

Barcelona schreckt aus dem Schlaf.

Frau Rettich will uns zum Zug bringen und findet die Autoschlüssel nicht.

»Habt ihr auch alles eingepackt? Nichts vergessen?«, fragt sie und durchwühlt ihre Beutelhandtasche. »Wo ist bloß, ich hatte doch, wann geht euer Zug, da ist der neue Anhänger dran, no te preocupes, mein Goldstück, aha!«

Und sie zieht einen großen Plastikschuhschnabel heraus, an dem ein kleiner Autoschlüssel hängt. Entonces: Vamos!

Unfroh starren Frau Czerni und ich auf die hohen alten Häuser. Dort, wo wir hinfahren, scheint nie die Sonne. Dort senkt sich der Himmel schon morgens.

Dort sprechen die Menschen viel zu verständlich. Dort sind die Engel impotent, egal, wie viel Kerzen man stiftet. Dort achten die Menschen rechts vor links und nehmen sich Ampeln zu Herzen. Dort stehen sie früh auf, arbeiten, wenn woanders der Mittag glüht, und schlafen um 20 Uhr 15 ein. Dort hetzen sie Bibos auf Grundschulkinder, tragen Tag und Nacht Persianer, werfen Maggi in alle Töpfe, wechseln dreimal im Monat die Unterwäsche, zeigen die eigenen Kinder an, stinken aus dem Mund, haben Übergewicht, sind schmuddelig und faul, stehlen wie die Raben, beten zu Hitler, kaufen rustikale Schrankwände, schänden Friedhöfe, stecken Senioren in Heime, wählen CSU und töten alle, deren Fenster keine Gardinen tragen. Eigentlich will ich nicht zurück. Der Czerni ergeht es wohl ähnlich, denn sie mustert die hellen Straßen und sagt schlicht: »Ich will noch nicht heim.« Mitfühlend kneife ich ihr in die Schulter. Dankbar kreischt sie auf. Frau

Rettich dreht den Recorder leiser und atmet schwer durch. Dann singt sie mit ihrer tiefgerauchten Stimme: »Quiero que no me abandones, amor mio, al alba. Übersetzen, Goldstück!«

»Ich will, dass du mich nicht verlässt, meine Liebe, in der Morgendämmerung beziehungsweise im Morgengrauen.«

»Morgengrauen. Morgen und Grau. Morgen und Grauen. Sehr gut. Meine Damen, wir sehen uns dann in Frankfurt! Uaaahh! Frankfurt!«

»Und schreib uns ja aus Madrid.

Madrid. Madrid. Madrid«,

singe ich, so wie Alfredo das immer sang; Madrid am Ende fast wie Ti-Aitsch. Madrith.

»Komm bald nach mit Pupsi. Oder besser, bleib gleich hier. Dann können wir dich ständig besuchen.«

»Und nimm dich vor der Suegra in Acht. Die wird dir am Zeug flicken wollen.«

»Und trink nicht so viel. Wie sieht das denn aus!«

»Die Suegra bricht zusammen!«

»Und nimm nicht vom Kuchen nach.«

»Rede nur, wenn du gefragt wirst.«

»Zieh dir nichts Warmes an; du schwitzt dich sonst tot.«

»Schließ immer gut hinter dir ab.«

»Achte auf Bügeleisen und Kaffeemaschine.«

»Und wenn ihr Kinder habt: Nennt eins doch Goldstück, bitte!«

»Und pass auf, dass das Fläschchen nie zu heiß ist.«

»Und kein Spielzeug aus rotem Plastik!«

»Wenn's beim Zahnen brüllt: Nelkenöl drauf.«

»Und dass ihr mir ja einen ADAC-geprüften Ranzen kauft, auch wenn's ein bisschen mehr kostet.«

»Und er soll das Abitur machen, auch wenn er vorher abgehen will. So ein Abitur ist nie für die Katz'.«

»Und wenn er abmagert und euch belügt und bestiehlt, geh mit ihm sofort zur Suchtberatung.«

»Hoffentlich ist dir Pupsi eine Stütze.«

Frau Rettich seufzt: »Macht mir den Abschied von euch doch nicht noch leichter, als er es so schon ist.«

Voilà, une femme! Eine große Frau! Wie die ihren Abschiedsschmerz vor uns verbirgt! Wie die sich hält! Wie tapfer sie jetzt zum Abteilfenster reinschaut! Und wie tapfer wir beide erst rausschauen! Und nirgendwo ein Heini von der Presse! Da nehmen drei große Damen, grandes Señoras, grandes Dames, würdevoll voneinander Abschied, und keiner hält das für die Nachwelt fest. Nachher heißt es dann am Stammtisch, Weiber wären hysterisch. Aber am Terminal in Barcelona war mal wieder keiner zugegen!

Die Czerni und ich krabbeln fast aus dem Fenster. Aber das mit Stil und Würde! Frau Rettich tupft sich in den Augen herum, als hätte sie gerade grauen Star gekriegt. Aber mit welch kontrollierter Anmut!

Ich ersticke gleich in dem Fenster. Die fette Czerni drückt mir die Luft aus dem Leib.

»Meine Damen!«, ruft Rettich ins Pfeifen des Schaffners,

»Meine Damen!«